어디가 제일 좋았어?

(564일간 67개국 공감 여행 에세이)

윤슬기

#우유니소금사막 #볼리비아

대경북스

어디가 제일 좋았어?

프롤로그

대부분 사람들은 여행을 '좋아한다'고 말합니다.

물론 각자가 머릿속에 떠올리는 여행의 모습은 다르겠지요.

좋아하는 여행 스타일도 다르고,

심지어 여행을 '좋아한다'라는 의미조차 다릅니다.

하지만 적어도 아직까지

여행을 '싫어한다'고 말하는 사람은 못 본 것 같아요.

그래서일까요? 세계 여행을 다녀왔다고 하면

"진짜요?" 하면서 다들 특별한 관심을 가집니다.

"세계 여행 하면 뭐가 좋아요?"

"다녀오면 생각하는 게 완전히 바뀌나요?"

"시야가 넓어진다는 구체적인 의미가 뭐죠?"

여러 가지 많은 물음이 있지만

누구나 이 질문만큼은 꼭 했던 것 같아요.

"어디가 제일 좋았어?"

저도 이 질문을 받으면 어디가 제일 좋았었는지

가만히 떠올려보게 됩니다.

'나라로만 따져도 67개 국인데……'

사실 각 나라 이름만 들어도 그 국가의 이미지와 추억들이

머릿속에 생생하게 지나갑니다.

도시 환경이 평화로운 분위기라 좋은 곳이 있고,

사람들의 분위기가 좋아서 기억에 남는 곳이 있습니다.

자연이 아름다운 곳이 있고,

건축물에 감탄하게 되는 곳도 있고요.

심지어 예상치 못한 특별한 사람을 만나서

좋은 기억으로 남는 곳도 있지요.

"그랜드캐니언이요."

"이구아수 폭포요."

"우유니 소금사막이요."

이렇게 대답하고 싶진 않습니다.

이런 무미건조한 대답은 말하는 저도 찜찜하고,

물어본 사람이 기대하는 답변도 아닐테니까요.

저도 당신에게 한 가지 물어볼게요.

"우리나라에서 가장 좋은 여행지는 어딘가요?"

잠시 생각해보세요.

떠오르셨나요?

물론 '제주도'나 '강원도'처럼 단순하게 대답하실 분도 있겠지만,

나만의 특별한 공간을 떠올리며

잠시나마 추억에 잠긴 분도 분명 계실 거예요.

"제주도요."

이 한 마디로 끝내기엔 뭔가 아쉬울테니까요.

사실 여행 초기엔 나라를 이동하면서

자연스레 비교 회로가 작동하기 시작했어요.

"여긴 부모님 모시고 오면 진짜 좋아하시겠다!"

"이런 데는 친구들이랑 와야 되는데."

"나중에 아이들과 꼭 다시 와야지."

각 나라, 도시의 특징과 장단점을 비교하며
마음속에 열심히 순위를 매겼어요.
하지만 스무 개, 서른 개 이상 국가를 넘다 보면
우선 비교가 잘 안 돼요.
그리고 그게 큰 의미가 없음을 깨닫게 되죠.

시간이 지날수록 각 지역만의 매력을
온몸으로 인정하고 있는 '나'를 발견하게 됩니다.

니체는 지적이고 아름다운 사람을 찾으려면
아름다운 풍경을 바라보듯 보라 했어요.
풍경은 특정 각도에서 볼 때 가장 아름답다고.

세상을 바라보거나 사람을 관찰할 때,
모든 면을 뜯어보고 판단하기보다는,
각자가 가진 특정한 측면의 아름다움을
발견할 수 있으면 좋겠습니다.
그러다 보면 나 자신을 보는 관점조차 더 밝아지겠죠.

세상이 좀 더 살맛나지 않을까요?

이제 다양한 각도에서 바라본,

세상의 가장 좋았던 부분들을 소개하려 합니다.

이 책을 읽다 보면

각자 가장 마음에 드는 곳을 발견하게 되실 거예요.

당신이 이 책을 다 읽고 나면 그때는 제가 물어볼게요.

"어디가 제일 좋았어?"

차 례

#2. 통찰 : 차원이 다른 깨달음을 주는 곳

#3. 공감 : 따뜻한 마음이 오가는 곳

#4. 평안 : 영원히 머물고 싶은 곳

#5. 도전 : 틀에 갇힌 마음을 열어주는 곳

#6. 자유 : 진정한 나다움을 발견하는 곳

#1 추억

잊고 있던 기억을 되찾아주는 곳

책을 한 권만 읽은 사람이 제일 무섭다고,

한정된 경험은 무서운 결과를 낳는다.

이런 사람 꼭 있다.

"오늘 날씨 참 좋다. 프랑스 날씨 같아.

파리 샹젤리제 거리에 있는 A 마카롱 집 가봤어?"

또 마카롱을 먹을 때마다,

"파리 샹젤리제 거리에 있는 A 마카롱 집 가봤어?"

누가 프랑스라도 다녀왔다고 하면,

"파리 샹젤리제 거리에 있는 A 마카롱 집 가봤어?"

심지어 조각케이크를 먹을 때에도,

"난 후식은 마카롱이 좋더라.

파리 샹젤리제 거리에 있는 A 마카롱 집 가봤어?"

강원도에서 군대 생활 했던 사람이

밖에 눈이 올 때마다 군대 얘기 하는 느낌이랄까?

#001 잃어버린 건 물건일까 추억일까?

이집트 호텔에서의 추억

피라미드에서 온갖 사기행각과 극심한 호객행위로
영혼까지 털렸다.
이집트에서는 정말 한시도 긴장을 늦출 수가 없다.

나일강 근처에 묵었던 호텔은 프로모션 기간이 끝나자
가격이 급상승했다.
시내 중심에 있는 좀 더 저렴한 숙소를 예약하고
다음 날 일찍 짐을 챙겨 나왔다.
지하철을 타고 새로운 숙소에 도착했으나, 오버부킹이란다.

"다른 숙소에 연락해뒀으니 하루만 거기로 다녀오세요."

그래도 주인이 자신의 실수라며 택시까지 불러준다.

'오! 생각보다 좋은데.'

임시로 하루 묵게 된 호스텔은 15층에 위치해

카이로 시내가 한눈에 내려다보여 만족스러웠다.

한참을 멍하니 바라보며 구경하다가 사진을 한 장 찍으려는데,

'휴대폰이 없다!'

'마지막으로 쓴 게 어디였더라…'

'아! 택시 안!'

정신없이 로비로 달렸다.

시간이 꽤 지났음에도

다행히 아까 그 택시 기사와 숙소 주인이 한창 대화 중이다.

'택시 기사가 발견했다면 이미 챙기지 않았을까?'

심장이 쿵쾅거렸지만 최대한 아무 일 아닌 듯 말했다.

"택시에 뭘 좀 두고 내린 것 같은데요."

뭘 두고 왔냐고 묻기에 더 아무렇지 않게 대답했다.

"Just my cell phone."

워낙 주변에서 들은 이야기도 많고,

피라미드에서 이미 그들의 진가(?)를 경험했다.

돌아보면 우습지만, 당시에는

잃어버려도 상관없는 싸구려 물건이라는 인상을 풍기려

최대한 노력한 것 같다.

택시 기사는 나와 함께 엘리베이터를 타고 내려가

택시 구석에 떨어진 휴대폰을 찾아 주워줬다.

'와 대박! 폰이 그대로 남아 있다니!'

속으로 환호했지만 차분히 웃으며 감사의 인사를 건넸다.

"후우…, 말도 안 돼. 아오… 어휴…."

혼자 타고 올라오는 엘리베이터 안에서

15층까지 올라가는 내내 얼마나 한숨을 내쉬었는지 모른다.

다음 날,

전날 오버부킹되었던 숙소로 다시 옮기기 위해 준비했다.

하루만 쉬었다 가는 거라 어제는 아예 짐도 안 풀었다.

배낭을 그대로 짊어지고 나가려다

습관적으로 배낭 뒤쪽을 쓰윽 만져봤다.

"노트북이 없는데?"

아내와 서로의 얼굴을 쳐다보며 혼비백산이 되었다가

이내 마음을 가다듬고 생각해 봤다.

'전날 호텔에 두고 왔나?'

기억은 잘 안 나지만 가능성을 둘 수 있는 곳은 거기밖에 없다.

일단 달렸다.

재빨리 체크아웃을 하고, 얼른 택시를 잡아 호텔로 갔다.

리셉션이 있는 3층까지 엘리베이터를 타고 올라가는

그 짧은 시간동안 오만 가지 생각이 스쳐 지나간다.

'노트북에 저장된 수많은 사진들, 기록들, 정보들…'

'없으면 새로 사야 하나? 노트북 없이 여행할까?'

'여기 없으면 찾을 희망이 없는데,

그냥 건강하게 여행하고 있는 것에 감사할까?'

엘리베이터 문이 열리자마자,

리셉션에 보이는 두 사람 중 한 명을 붙잡고 급히 물었다.

"혹시 여기 두고 간 노트북 있나요?"

전혀 모르는 눈치다.

'아. 끝났구나.'

그런데 갑자기 다른 한 사람이
서랍에서 조용히 노트북을 찾아 꺼내준다.
겨우 몇 초 사이였는데, 그 순간이 완전 '슬로우 모션'처럼 느껴졌다.

"땡큐! 땡큐!"
전날 택시 기사에게 보였던 차분함 따위는 없었다.
소리를 지르며 감사를 표했다.
악명 높은 이집트에서 이틀간 정말 놀라운 기적이다!

'당신이 가진 보물 1호는 무엇인가요?'

보통 사람들은 이 질문에 값비싼 물건보다는
의외로 소중한 추억이 담긴 물건을 택하는 경우가 많다.
휴대폰을 잃어버리거나 외장하드가 고장나면
자료 복원에 더 신경을 쓰는 것처럼,
물건 자체보다는 내용이 더 중요하다.
어찌 보면 누구에게나 흔히 있는 휴대폰, 노트북인데…
우리가 그렇게까지 마음을 졸인 이유도,

되찾았을 때 소리를 지르며 기뻐한 이유도,

그 안에 담긴 소중한 기억들 때문일 거다.

내면의 삶이 풍요로운 사람들이

왜 소유보다는 경험과 기억, 존재의 가치에 더 무게를 실었는지,

그 이유를 조금은 알 것 같다.

#잃어버린추억 #뭣이중헌디   #피라미드와스핑크스 #이집트

#002 걸어서 1분, 이게 국경이라고?

인도–네팔의 국경에서

십여 년 전 중국을 여행하며

압록강 너머로 북한 땅을 바라본 적이 있다.

'저 작은 다리 하나 건너면 북한이라고?'

그러고 보니 지금 서 있는 이 자리,

참 멀리도 돌아왔다.

언제쯤이면 육로로 이 자리에 올 수 있을까.

네팔에서 인도로 넘어가는 길.

어젯밤 국경에서 2~3km 정도 떨어진

네팔 측 국경 마을에 도착해 하루를 쉬었다.

아침 일찍 국경으로 가기 위해 길을 나섰다.

승용차 한 대가 옆에 와서 멈춘다.

"땍시?"

"국경 가는데 얼마예요?"

"400루피*(4,000원)*."

와…! 우리가 지금 네팔에서 한 달이나 지냈는데

누굴 바보로 아나.

"걸어갈게요."

"300루피!"

"No."

"250루피!"

좀 더 기다리면 더 내려갈 것 같았지만

처음에 하도 터무니없는 가격을 불러서 패스.

택시가 떠나기 무섭게

이번엔 '릭샤'라 불리는 자전거 택시가 옆으로 다가온다.

"헤이, 쁘렌드~ 어디가?"

"국경까지 얼만데?"

"400루피"

"잘 가."

잠시 후 다른 택시가 도착했다.

이번엔 흥정을 해야겠다.

"국경, 얼마예요?"

"50루피(500원)."

'흥정이 필요가 없네?'

가끔 이렇게 처음부터 정직하게 나오는 친구가 있으면

내릴 때 오히려 팁을 더 주고 내린다.

서로 기분 좋게 인사하고 내려 보니

옆에 조그마한 이층건물이 보인다.

출입국 사무소란다.

들어가자마자 여권에 도장하나 찍고 나왔다.

좁은 길 양쪽으로 각 나라 국경이 한눈에 보인다.

두 나라 국민들 사이에는 특별한 절차 없이

자유롭게 국경을 넘나드는 것 같았다.

네팔 측 게이트를 통과했다.

'우와. 이렇게 가까울 줄이야…'

눈앞에 보이는 인도 측 국경까지는 불과 1분.

살면서 이렇게 걸어서 국경을 넘을 일이 몇 번이나 될까.

난생처음 나라와 나라 사이를 걸어서 통과하는

그 1분의 시간은 뭔가 굉장히 특별했다.

기분이 참 묘하다.

압록강 너머로 그 땅을 바라보던

그날의 장면이 생생하게 떠오른다.

언젠간 우리도 걸어서 국경을 넘을 수 있겠지.

#003 이 공항이 아닌가벼~

뛰어야 할 때와 여유를 부릴 때

"왜 우리 비행기가 없지?"

바르셀로나 공항에 왔는데 우리가 탈 비행기가 없다!
화면에 뜬 목록을 아무리 들여다봐도 라바트 행은 보이지 않는다.
인포메이션센터에 가서 물었다.

"여기서 100km 정도 떨어진 히로나 공항으로 가셔야 합니다."
"뭐? 여기가 아니라고?"

저가항공의 경우, 그 도시의 메인공항과는 조금 떨어진
다른 공항을 이용하게 되는 경우가 종종 있다.
우린 그 사실을 간과했다.
지금 여긴 바르셀로나의 메인공항이다.

우리나라로 치면 김포공항으로 가야 하는데

인천공항에 와버린 셈.

"그럼 히로나 공항까진 어떻게 가죠?"

"택시를 타거나, 아니면 전철을 타고

터미널로 가서 버스를 타야해요."

돌아서서 아내에게 물었다.

"우리 비행기 티켓 한 사람당 얼마에 끊었지?"

"한 삼만 원?"

"그럼 여기서 택시타면 공항까지 얼마 나올까?"

"최소 몇 십만 원 나올걸?"

배보다 배꼽이 커지겠다.

"뭐 해? 뛰자!"

손잡고 전철역을 향해 힘차게 달렸다.

시간이 너무 빠듯하다.

타든 못타든 간당간당하겠다.

고등학교 등교 시간.

"어이, 거기 마지막에 탄 학생 내려!"

아침마다 버스는 학생들로 가득 찼다.

끝까지 밀고 들어가다가 앞문이 닫힐 때 끼는 일이 허다했다.

올 때부터 이미 가득 찬 버스는 정류소를 그냥 지나치기도 했다.

그렇게 두 번, 세 번 버스를 놓치다 보면… 또 지각이다!

처음엔 버스 안에서 늦을까봐 발을 동동 굴렀다.

하지만 그것도 매일 하다 보니,

그 안에서 내가 할 수 있는 일이 없음을 몸이 깨닫고 있었다.

'맘 편하게 힘 좀 아껴뒀다가 내리면 달리자!'

머리로 알아도 말처럼 쉽진 않지만,

어차피 버스 안에서 열심히 뛰어봤자 결과는 같다.

고등학교를 졸업하기까지…

집중해야 할 때와, 걱정이 필요 없을 때를

구분짓는 훈련의 시간은… 꽤 길었다.

------◆------

"헉… 헉… 이제 이 버스만 타면 공항으로 가는 건가?"

시간은 빠듯했지만 공항버스에 올라탄 우리의 마음은
의외로 상당히 여유로웠다.
버스는 목적지인 공항을 향해 신나게 달렸다.
이제 내릴 때까진 어차피 내 손을 떠난 일이다.

내가 할 수 있는 일과,
버스기사님께 맡겨야 할 일이 있다.

뛰어야 할 때와,
여유를 부릴 때가 있다.

"오! 버스에 와이파이 터지네?
지금 상황이나 SNS에 잘 남겨볼까?"

#쓸데없는몸부림 #뻘짓 #걱정해서뭐해   #아일랜드 #2층버스

#004 내 굳은살 돌리도~

6개월 만에 다시 잡아본 기타

"좀 더 싼 건 없어요? 이건 얼마예요?"

"17만 원까지 해줄게."

중학교에 들어가며 통기타를 하나 샀다.

초등학교 때 천 원, 이천 원씩 모은 통장을 탈탈 털어

스스로에게 준 입학 선물이다.

그렇게 신날 수가 없었다.

당장 서점으로 달려가 기타 교본도 한 권 샀다.

책을 보며 왼손으로 기타줄을 하나씩 누르고 오른손으로 튕겼다.

잘 벌어지지 않는 왼손가락을 오른손으로 억지로 벌려가며

코드를 짚었다.

첫날부터 하루 종일 연습했다.

시간가는 줄 몰랐다.

기타를 쳐본 사람은 알겠지만

처음엔 코드를 잡아도 소리가 잘 안 난다.

손가락끝으로 단단한 쇠줄을 상당히 꽉 눌러야 하고,

누르는 손가락을 제대로 세우지 않으면

다른 줄을 같이 건드리게 되어 둔탁한 소리가 난다.

한 2주간 왼손이 고생을 많이 했다.

손가락을 세우느라 손에 쥐도 많이 나고,

손가락끝은 쇠줄을 누르느라 시뻘겋게 퉁퉁 부었다.

시간이 지나며 손끝이 조금씩 딱딱해지는 게 느껴진다.

손끝의 아픔도 자연스레 사라진다.

날이 갈수록 손끝의 굳은살은 깊어져갔고,

이미 몸의 일부가 되었다.

그렇게 17년간 거의 매일 기타를 손에 잡았다.

왼손가락끝이 갑옷을 입었다.

이젠 손끝에 감각이 없는 것도 익숙하다.

---◆---

첫 여행지인 싱가포르에서 묵었던 호스텔에 기타가 있었다.

'여행 다니면서도 종종 이렇게 기타를 칠 수 있겠군.'
아니었다. 그후로 6개월간 기타 근처에도 못 가봤다.
유럽에 들어와서야 가끔 기타를 메고 거리 공연하는
사람들을 보는 것이 전부였다.

'아… 내가 기타를 쫌만 더 잘 쳤으면
저렇게 버스킹 하면서 여행하는 건데…'

프랑스 파리에서 묵을 숙소로
젊은 부부가 사는 작은 가정집의 방을 하나 빌렸다.
반갑게도 거실 한쪽에 기타가 있었다.

"이거 한번 쳐봐도 될까요?"
"물론이죠."

6개월 만에 기타를 잡았다.

손끝이 아프다.

17년간 못 느껴본 아픔이다.

아픈 것이 신기해 손끝을 만져보니

굳은살 하나 없이 말랑말랑하다.

#와인들의수다 #사라지는건금방　　　　　#프랑스 #파리 #숙소

'17년간 다져온 굳은살이 6개월 만에 사라지다니….'
아니, 어쩌면 그만큼도 안 걸렸을지 모른다.

몸이 그렇고, 마음도 그렇다.
운동하던 습관이 무너지면 어느새 체형이 변하고 몸이 망가진다.
마찬가지로 꾸준히 좋은 책을 읽고,
좋은 생각을 하고,
좋은 사람들을 만나 좋은 나눔을 하지 않으면
마음도 무너진다.

삶의 곳곳에 좋은 굳은살을 만드는 훈련을 해야겠다.

기타의 쇠줄처럼 거친 상황에서도,
혹은 그런 거친 사람을 만나도,
넉넉히 받아들일 줄 아는
단단한 마음의 굳은살이 새겨지길.

#005 사진은 왜 다 즐거운 모습일까

여행 사진을 찍듯 웃는 순간 남기기

'이런… 또 빈 그릇이야?'

오늘도 너무 맛있게 먹어버렸다.

맛집에서 사진 한 장 남기기 어렵다.

사진기를 들이댈 때쯤이면 항상 빈 그릇이다.

아내나 나나 사진엔 참 무감각하다.

특별한 경우 아니고는 사진 찍을 생각을 잘 못한다.

셀카라고는 더더욱 찾아보기 힘들다.

세계 여행 간다고 누가

주먹만한 렌즈가 달린 카메라를 선물해줬다.

마음은 고맙지만 우리와는 잘 안 맞는다.

짐만 늘어날 뿐이다.

주인 잘못 만난 카메라는 돌려보내고,

우린 신용카드 한 장 크기의 작은 카메라 하나만 들고 왔다.

그래도 이번엔 나름 많은 사진을 찍는 중이다.

양가 부모님께 상황을 알려드려야 하는 약간의 부담감과 의무감으로.

작품을 남길 생각은 없지만, 사진만 보고도 힐링하신다는 부모님께

좋은 모습을 보여드리려다 보니 사진도 조금은 느는 것 같다.

객관적 기억을 돕는 수단 정도로만 사진을 찍었다.

그런데 사진파일을 정리하다보니 꼭 그런 것만도 아닌 것 같다.

'다 웃는 모습뿐이네?'

반전 영화로 유명한 〈메멘토〉를 보면

단기기억상실증에 걸린 주인공 남자가 나온다.

이 남자는 폴라로이드 사진과, 자필로 꼼꼼히 남긴 메모,

신체 곳곳에 새긴 문신만이

객관적으로 믿을 수 있는 자료라 확신한다.

하지만 영화에서는 이조차도 기억을 왜곡시킬 수 있다는
사실을 보여준다.

살면서 우리는 서로 자신의 기억이 맞다고 우기는 경우를
종종 경험한다.
둘 중 한 사람이 상대를 속이려는 것이 아니라,
각자가 진짜 그렇다고 믿고 그러는 거다.
증거가 있으면 문제가 쉽게 해결되기도 하지만
목소리만 높이다 끝나는 경우도 많다.
그런데 막상 하나씩 잘 돌이켜보면 대부분 정말 사소한 문제다.

"저번에 산 고구마 이만 원 줬지?"
"아니, 만 오천 원."

"여기 이 가게 작년에 생겼을 걸?"
"올해 초야."

이런 문제로 서로 우기면 뭐할 것이며,
맞고 틀리고가 뭐 그리 중요한가.
그냥 넘기자. 틀리면 틀린 대로.

여행 사진은 항상 즐거운 모습만 남는다.

모든 순간이 꼭 그랬던 건 아닌데 말이다.

뭐 어찌 보면 당연하기도 하다.

안 좋은 순간의 내 모습을 기억하기 위해

굳이 사진으로 남기는 사람은 잘 없을 테니까.

여행하면서 분명 굉장히 힘들었던 곳도 있었는데,

심지어 분위기가 칙칙해서

3일 만에 재빨리 떠난 국가에서조차

사진만큼은 내가 즐거웠다고 말한다.

그리고 실제로 시간이 지나고 보면,

어떤 여행이든 결국은 좋은 추억으로 남는다.

분명 기억의 왜곡이 작용한 건 맞지만,

안 좋은 기억은 잊히고 좋은 기억만 남는다는 사실은

참 감사한 일이다.

여행하듯 서로를 대할 수 있었으면 좋겠다.

여행 사진을 찍듯 상대를 바라볼 수 있었으면 좋겠다.

그럼 우기는 순간 대신 웃는 순간만 남을 테니까.

#웃어봐 #좋은기억을남겨줄게   #우리가들고다닌카메라 #이스라엘

#006 40년 전에 멈춰버린 한국

고착화되지 않으려면 계속 변화해야

미국에서 한 한인가정에 초대받았다.

전형적인 미국식 목조주택은 지은 지 꽤 오래되어 보였지만

굉장히 넓고 깔끔했다.

집안의 가장 어르신이신 할머니께서

집안 이곳저곳을 소개해주시다가

한쪽 벽면을 가리키며 말씀하셨다.

"이게 붙박이장인데 참 편리하고 좋아."

나무로 짜여 진 낡은 붙박이장은

내가 아주 어렸을 때나 봤을 법한 구식이었다.

이 넓고 좋은 집에서 왜 군이 오래된 붙박이장을 설명해주시는지

조금 의아했지만 그냥 짧게 대답했다.

"아, 네."

내 반응이 시원찮았는지

할머니께서 다시 말씀하시며 물으셨다.

"요즘 한국에도 이런 게 나와?"

아까는 조금 의아했다면, 이 질문에는 진짜 놀랐다.

솔직히 지금 한국에는 이런 구식의 붙박이장은

찾아보기도 힘들 만큼 세련된 제품으로 가득하다.

하지만 할머니의 시간은 한국을 떠나올 때인

40년 전에 멈춰있던 것 같다.

놀라지 않은 척 조심스레 대답했다.

"네. 요즘에는 한국에도 잘 나와요."

이번엔 할머니께서 놀라신 것 같았다.

"아, 한국도 지금은 나오는구나…"

할머니의 한국은 40년 전을 그리고 있었다.

젊은 시절 미국에 넘어와 이곳을 벗어나지 않으셨다니
어쩌면 당연한 일이다.

살다보면,

나도 모르는 새 고착화되는 부분이 있다.
주변 환경, 삶의 리듬, 인간관계, 생각, 감정까지도….

스스로 계속해서 깨어지고 변화하지 않으면 고립될 수밖에 없다.
내 안의 틀에서 나를 건져줄 좋은 도구 중 하나는 책이다.
'백문불여일견'이라고, 발로 뛰며 직접 볼 수 있으면 더 좋다.

《여행과 독서》의 저자 잔훙즈는 이렇게 말했다.

'독서는 앉아서 하는 여행이고,
여행은 서서 하는 독서다'

끊임없이 나 자신과 주변을 돌아봐야겠다.
마음도, 생각도, 삶도 '붙박이'가 되지 않도록.

#앉아서하는여행 #몸으로하는독서
#그랜드캐니언 #미국

#007 바다도 없는 스위스

가까이 있는 보물들에 감사하는 법

초등학교 들어갈 무렵, 아버지의 출장으로

온가족이 약 1년간 부산 해운대 앞바다에서 살았다.

해운대는 나에게 동네 놀이터였고,

매일 커다란 조개껍데기를 잔뜩 주워

친구들과 '조개 따먹기'를 하며 놀았다.

여름이 되자 놀이터에 엄청난 사람들이 몰려들었다.

나중에는 노는데 방해가 될 정도로 많은 사람들이 침범했다.

그땐 '내 놀이터'에 왜 그렇게 많은 사람들이 몰리는지 몰랐다.

이후로 거의 30년간 도심에만 살다보니,

그 시절 바다를 바라보던 때가 그립다.

태양이 쏟아지는 카리브해의 섬나라
푸에르토리코를 여행 중이다.

"세계 여행 중이라 했지?"
호스텔에서 함께 아침식사를 하던
한 청년이 흥분하며 말을 건넨다.
스위스에서 온 세 명의 친구들 중 하나였는데
궁금한 게 많은 것 같다.

"스위스랑 푸에르토리코 중 어디가 더 좋아?"
"난 개인적으로 스위스."

그러자 옆에 있던 친구들까지 눈이 커지며 깔깔댄다.
'자기들 나라를 꼽아서 저렇게까지 좋은가?'
아니었다.
정신없이 웃던 중 그가 던진 다음 한 마디를 듣고 알았다.

"바다도 없는 스위스가 좋다고?"

그렇게 말하고는 더 큰 소리로 웃는다.

내가 당연히 푸에르토리코라고 대답할 줄 알았나보다.

'와… 저렇게 생각할 수도 있구나…'

'스위스'라고 하면 자연이 아름다운 곳으로 흔히 떠올리는,

많은 사람들에게 꿈과 같은 공간 아닌가.

하지만 그 친구들에겐 매일 보는 풍경이라 별로 감흥이 없나보다.

휴가철 수많은 사람이 몰려드는 해운대가

그저 평범한 내 놀이터였던 것처럼.

오늘 내게 주어진 환경과 시간을 가만히 돌아본다.

놓치고 있던 아름다움과 감사할 일들이 참 많다.

감상하는 연습을 좀 해야겠다.

보물은 항상 생각보다 가까이 있다.

#나한테없는것만보이네 #원래남의떡이큰법   #푸에르토리코

#008 새해라고 뭐 달라?

지나가는 시간을 아름다운 순간으로 만들기

'해돋이? 그건 왜 보는 거지?'

사람들은 왜 새해가 되면 해돋이를 보러 가는 걸까?

연속적으로 흐르는 시간에 '날짜'라는 개념을 부여한 것도 사람이고,

특정 날짜, 특정 시간에 의미를 부여하는 것도 사람인데,

꼭 오늘 떠오르는 해를 보는 것이 큰 의미가 있을까?

새해 첫날 해돋이 명소로 가는 길은

차도 많이 막힐 뿐더러 한겨울 새벽이라 너무 춥다.

어차피 내일도 똑같은 해가 뜰 텐데

오늘 굳이 사람 많은 곳에 찾아가 해를 볼 이유가 없다.

사람 다 빠지고 한가해진 내일

여유롭게 해돋이를 보러 가도 된다.

하지만 내일이 되어도, 그 다음날이 되어도…

난 해돋이를 볼 일이 없었다.

20대의 어느 12월 31일.

친구들과 밤새 놀던 중 갑자기 한 명이 말을 꺼냈다.

"해돋이 보러갈까?"

그때도 해돋이엔 전혀 관심 없었지만

그냥 친구들과 노는 게 좋아서 따라갔다.

캄캄한 새벽, 바닷가에서 컵라면을 먹다가

별 기대 없이 떠오르는 태양을 봤다.

'생각보다 너무 좋은데?'

분명 어제와 똑같은 해가 떴을 텐데 뭔가 새롭다.

새해라는 시간이 주는 특별함이 있었다.

그리고 그날 해가 뜨는 장면은 오랜 기억으로 남아 있다.

추운 새벽에 먹는 기가 막힌 컵라면 맛과 함께.

❖

여행을 떠난 후 첫 새해는 인도의 달리는 밤기차에서 맞이했다.

허름한 침대칸에 누워서.

기대했던 새해의 아름다움은 아니었지만,

새해와의 만남이 그 어느 때보다 신선하고 특별했던 건 사실이다.

이후 한 해 동안 중동, 유럽, 아프리카를 거쳐

두 번째 새해와 만난 곳은 중앙아메리카의 코스타리카.

'와. 커피 향에 취한다…'

니카라과에서 버스를 타고 막 도착한

코스타리카 수도 산호세의 중심 거리에는

가는 곳마다 커다란 기계들이 커피를 볶고 있었다.

그 향기가 온 거리에 진동한다.

커피 향을 따라 시장 안에 있는 한 작은 카페에 앉았다.

공간을 가득 채운 구수한 커피 향기가

그 어느 때보다 마음을 평온하게 해준다.

"타라주 핸드드립 두 잔이요."

카페 주인은 눈앞에서 막 볶아낸 원두를 직접 갈아

정성스레 커피를 내린다.

타라주 지방의 커피가 워낙 맛있기로 유명하다고는 하지만,

특별히 그날의 상황과 분위기를 만난 '그' 커피는,

지금까지 먹어온 커피 중 최고의 기억으로 남는다.

자, 받으세요.
의미 있는 시간이 담긴
커피입니다.

#커피가아름다운순간 #평화가찾아오다   #코스타리카

똑같이 흘러가는 시간 속에서도

어떤 사건은 특정 시간을 더 특별하게 만든다.

그리고 누군가는,

이 아름다운 순간들을 더 많이 간직하고 있다.

숫자의 노예가 되어 돌아가는 세상이다.

학창 시절엔 성적으로,

취업 준비할 땐 스펙으로,

직장인이 되어서는 월급으로,

...

마치 이 숫자들이 한 사람을 정의하는 지표처럼 보인다.

하지만 한 사람의 '진짜 정체성'은 숫자나 소유가 아닌,

삶에 의미있게 남아 있는 시간의 밀도가 아닐까.

#009 야, 니는 마 걱정 안 해

여행에서 돌아오고 싶던 순간

'왜 세계 여행을 포기할 수밖에 없었나요?'

세계 여행 책자를 보면

여행을 중간에 포기한 사람들의 인터뷰 자료가 있다.

가장 높은 비중을 차지하는 이유는

고국에 있는 가족 또는 가까운 지인의 죽음이다.

우리에겐 그런 일이 없길 간절히 바랐지만

여행 5개월째, 청년 시절 나에게 큰 가르침을 주셨던

스승님이 떠났다.

그것도 젊은 나이에 암으로.

평화로운 몰타에서 유난히도 잠을 설친 어느 날,

지인으로부터 그분이 돌아가셨다는 소식을 들었다.

온몸이 굳었다.

당연히 이겨내실 줄 알았는데.

하염없이 눈물만 흘렸다.

'그런 사람이 또 있을까'

너무 아쉽고 아깝다.

누구보다 정직하고 겸손하면서도 강인한 분이셨는데.

언젠가 삶의 중요한 고민을 가지고 그분을 찾아간 적이 있다.

"웃지만 마시고 잘 좀 들어보세요."

내게는 진로를 결정하는 너무나 큰 문제였기에

심각하게 이야기를 풀어 가는데,

조용히 미소만 띄며 가만히 듣고 계신다.

내 이야기가 끝나자 손사레를 치고 웃으시며

경상도 특유의 사투리로 한마디 던지셨다.

"야, 니는 마 걱정 안 해~!"

원래 말씀이 없는 분이긴 하지만, 대화는 그걸로 끝났다.

그게 전부다.

근데 참 이상하게도 그 짧은 한마디가

어찌나 큰 힘과 위로가 되던지.

깊은 신뢰로부터 나오는 그 한마디가 여전히 마음을 울린다.

물론 그렇게 말씀하시고

돌아서서 누구보다 마음을 써 주셨으리라는 사실도 안다.

그런 그분이 이제 옆에 없다.

여행 떠나기 전 마지막으로 입원 중이신 병원에 들렀을 때,

고통 중에도 웃으시며 여행 잘 다녀오라고

억지로 봉투를 쥐어주셨다.

하지만 그때가 마지막이 될 줄은 몰랐다.

소식을 한발 늦게 듣기도 했고,

직항이 없어 서둘러 가더라도 마지막 순간은 볼 순 없었지만,

그래도 돌아가고 싶었다.

'그분이라면 이 상황에서 어떻게 하셨을까'

'그리고 살아계셨다면 뭐라 말씀하셨을까'

조용히 눈을 감았다.

'멈추지 말고 계속 가라'는 소리가 들리는 것 같았다.

분명 그분은 그렇게 말씀하셨겠지.

이대로 돌아가면 그분이 더 슬퍼하실 것 같다.

떠나는 순간까지 내게 가르침을 주신 그분.

그 신뢰 깊은 목소리가 지금도 생생하다.

"야, 니는 마 걱정 안 해~!"

넌 네 갈 길을 계속 가.
난 내 갈 길을 갈 테니.

#네길을계속가 #걱정하지말고   #임디나 #몰타

#2 통찰

차원이 다른 깨달음을 주는 곳

'라면이 미친 듯이 먹고 싶다.'

터키 이스탄불에서 라면 파는 곳을 찾으려고

'라면 이스탄불'이라 검색했다.

일정대로'라면 이스탄불'에서…

한 달 정도'라면 이스탄불'만을…

17시 막차'라면 이스탄불'에…

하나의 도시'라면 이스탄불'이…

．

．

．

세상엔 내가 궁금하지 않은 정보가 너무 많다.

#010 온 동네에 울리는 아잔 소리

좋은 습관이 문화가 되기까지

아잔 소리가 온 도시 구석구석에 울려 퍼진다.

모두 하나같이 근처 모스크^(이슬람사원)로 몰려든다.

하루 다섯 번, 이슬람 예배시간을 알리는 이 소리에

사람들은 자동적으로 반응한다.

근처에 모스크가 없으면

그 자리에서라도 바닥에 엎드려 기도한다.

한 국가 종교의 99%가 이슬람이 될 수 있다는 사실이

이제야 충분히 이해된다.

종교를 선택한다기보다는 이슬람 자체가 그 나라의 문화다.

어려서부터 매일 온 동네에 아잔이 울리고,

온가족이 하루 다섯 번씩 예배에 참여하는 것이 삶이다.

이러한 환경 속에서 다른 종교를 가지는 것이

어쩌면 더 이상할지도.

자주 모일수록 공동체성은 강화된다.

그리고 그 많은 사람이 하나같이 '메카'라는

한 방향을 바라보고 기도하니 어떠한 권위마저 느껴진다.

마치 알람이 울리듯, 아잔 소리는 그들의 기억을 자극한다.

하루 다섯 번이면 타락할 틈도 없을 것 같다.

하지만 그에 비해 놀랍게도 그 안에서 비상식적인 테러나 전쟁,

과격 시위가 꽤 자주 일어나는 건 참 아이러니다.

그 어떤 믿음도, 올바른 이성적 판단 없이 극단으로 갔을 때의

위험성을 잘 보여주는 것 같다.

좋은 공동체의식을 만들어 가고픈 마음의 숙제가 생겼다.

도로에서 앰뷸런스의 사이렌 소리에

막혀 있던 차들이 홍해처럼 갈라지듯,

보이지 않는 작은 약속이 생명을 살린다.

남자 소변기에 그려진 파리 한 마리가

밖으로 튀는 소변을 급격히 줄여주는 것처럼

작은 장치나 변화가 좋은 습관을 만들어내기도 한다.

좋은 공동체의 시작은 언제나 '나'부터다.

곳곳에 분명 이러한 생각을 가진 '나'들이 숨어 있을 것이다.

좋은 생각, 좋은 습관을 연습하다 보면

어느새 그런 사람들과 뜻을 같이하며

좋은 공동체를 만들어가고 있겠지.

좋은 습관이 국민성이 되기까지,

오늘 만나는 상대를 존중하는 작은 습관부터 실천해야겠다.

#011 난 그 물이 깨끗한지 모르겠는데?

히말라야 트레킹에서 겪은 인종차별

네팔 히말라야 트레킹.

이틀을 열심히 걷고 걸어 해발 3,000m 근처

'고레파니(Ghorepani)' 지역까지 올랐다.

오르면 오를수록 날씨가 너무 춥다.

낮에는 해가 있어서 괜찮지만 밤이 문제다.

이제는 추워서 밤을 넘기기도 두렵다.

저녁이 되자 숙소 1층 식당 벽난로에 불이 붙는다.

숙소의 유일한 난방시설이다.

세계 각국 사람들이 하나둘 식당으로 몰려든다.

다행히 우리는 일찍 나와

난로와 멀지 않은 곳에 자리를 잘 잡았다.

같은 길을 걷는데서 생기는 유대감 때문일까.

산에 오르는 사람들끼리는 같은 숙소에서 만나면

누구든 금방 친해지고 편하게 이야기를 나눈다.

그날 역시 모두가 둘러앉아 화기애애한 분위기 속에

즐거운 대화가 오갔다.

타국에서 이 산을 찾아와 오르는 것 자체가

그리 평범한 일은 아니기에,

이곳에서 만난 사람들의 생각과 삶의 이야기를 듣는 시간은

참 흥미롭고 유익하다.

"허니문으로 세계 여행이라고?"

적어도 1년 이상 세계 여행을 하게 될 것 같다는

우리 부부의 이야기 역시 그들의 관심을 끌기에 충분했다.

이야기가 한창 무르익어갈 무렵,

금발의 젊고 몸집이 큰 여성 하나가 새로 등장.

다들 원래부터 아는 사람인 양 반갑게 인사하며 맞이한다.

특히 같은 유럽인들 사이에서는 농담까지 주고받느라

정신없이 웃어대며 입장했다.

그런데 새로 들어온 이 여성, 우리가 인사하니

웃지도 않고 대답도 없이 지나간다?

여기선 흔치 않은 일이지만, 사람이 많아 그럴 수 있다 생각했다.

한 쪽 식탁에서는 세 명의 네팔 현지인들이 차를 마시고 있었다.

그중 새로 들어온 여성의 가이드로 보이는 한 남자가

일어나 그녀에게 묻는다.

"차 한 잔 마실래?"

그녀가 갑자기 미간을 찌푸리더니 짜증을 낸다.

"아니, 난 그 물이 깨끗한지 모르겠는데?"

잠깐 내 귀를 의심했다.

'방금 내가 뭘 들은 거지?'

결코 농담이 아니었다.

그 경멸하는 말투와 표정이 잊히지 않는다.

내 일도 아닌데 순간 화가 치밀었다.

분명 훨씬 더 정중하고 부드럽게 표현할 수 있었을 텐데.

그 장면을 얼마나 많은 사람이 봤는지,

본 사람들은 어떤 감정을 느꼈을지 모르겠지만,

누구하나 뭐라 하는 사람이 없었다.

나 역시 짜증에 가득 찬 그녀와

굳이 싸움을 만들고 싶지 않았고,

내 짧은 영어로 거센 그녀에게

인종차별에 관한 논리를 펴낼 자신도 없었다.

'내가 만약 그녀와 같은 유럽인의 편에 있었다면

마음이 좀 괜찮았을까?'

사람은, 사람을 나누기 참 좋아하는 것 같다.

편을 나누면 반드시 유리한 쪽이 생긴다.

그리고 누구든 유리한 편에 서길 원한다.

가진 것이 많든 적든,

자신의 위치에서,

자신이 가진 만큼,

힘이 닿는 대로 누군가와 선을 긋고,

또 누군가와는 편을 만들어 특권을 누리기 원한다.

어떤 부분에서 나 역시 크게 다른 사람이 아님을 깨닫는다.

내 잣대로 상대를 쉽게 판단하고

구분짓던 모습들이 떠올라 많이 반성했다.

옳고 그름은 분별하되,

나와 삶의 모습이 다른 누군가를

'있는 모습 그대로' 받아들일 줄 아는 넉넉함이

내 안에 있었으면 좋겠다.

추워서 잠도 안 오던 밤,

마음만은 더 따뜻해지길 기도해 본다.

#선긋기 #편가르면좋냐   #히말라야 #숙소 #네팔

#012 땅속으로 빠져들던 그때

네팔 국경 마을에서 늪에 빠진 일

네팔 국경 마을 '바이라하와'에서 하룻밤을 보내고
인도로 넘어가기 위해 길을 나섰다.

숙소 앞쪽에 흙으로 쌓인 커다란 V자형 수로가 있다.
오랫동안 물이 흐르지 않았는지 바닥이 메말랐다.
멀찍이 작은 다리가 보였지만 배낭까지 메고
굳이 멀리 돌아갈 필요는 없을 것 같았다.

"그냥 여기로 건너자."
바닥을 살펴보니 한쪽에 작은 진흙탕 웅덩이가 보이고
살짝 젖어있는 땅도 있었다.
하지만 신발을 더럽히지 않기 위해
우리는 바닥이 쩍쩍 갈라진 완전히 마른 땅을 택했다.

수로 중간 정도쯤 내려왔을까.

갑자기 한쪽 발이 바닥으로 쑤욱 빠져들기 시작한다.

순간 너무 놀라 다른 쪽 발을 빠르게 앞으로 내딛었다.

더 깊숙이 빠져든다.

발버둥 쳐봤지만 이미 발목과 종아리를 지나 무릎까지

땅속으로 빠져들고 있었다.

사태의 심각성과 함께 두려움이 몰려든다.

두 팔로 경사진 바닥을 짚고, 죽을 힘을 다해 다리를 뽑아 올렸다.

순간 초인적인 힘을 발휘한 것 같다.

살겠다는 강한 의지로 겨우 기어 나와

뒤따라오던 아내부터 확인했다.

내가 빠지는 것을 보고 멈춰선 아내는 다행히 안전했고,

난 녹초가 되어 그 자리에 드러누웠다.

온몸이 진흙탕 범벅이다.

늪이 무서운 이유는 서서히 빠져들기 때문이다.

어쩌면 내가 인식하기 전부터 빠져들고 있었는지도 모른다.

인식했을 땐 이미 너무 깊이 빠져 힘을 쓰기조차 어렵다.

게다가 어디까지 빠져들지 모른다는 두려움도 크다.

마음의 늪, 우울감도 그렇다.

나도 모르는 새 빠져들고 어디까지 빠져들지 모른다.

발버둥쳐도 역시나 빠져나오기가 쉽지 않다.

하지만 때로는 나 자신에게만 빠져있기보다,

나와 함께하는 누군가를 떠올리는 것이 도움이 되기도 한다.

혹은 내 등을 바라보며 나를 좇는 누군가를 생각하면

삶에 더 큰 의지를 불러일으키기도 한다.

함께하는 사람이 있다는 건 참 감사한 일이다.

나 역시 아내가 뒤따라오고 있었기에

더 극한의 힘을 발휘했는지 모른다.

가족이든 친구든, 누구라도 좋다.

삶을 인식시켜줄 사람이면 된다.

나 또한 주변의 소중한 사람들에게 그런 사람이고 싶다.

난 분명 마른 땅 위를 걸었다.

발이 빠지기 직전까지만 해도,

견고한 땅 위에 서 있다고 생각했다.

내 삶은 진짜 견고한 땅 위에 있는지,

오늘도 다시 돌아보게 된다.

#현실점검 #너나조심해   #포카라 #네팔

#013 바라나시 오토릭샤 사기 사건

인도 바라나시에서 숙소 가는 길

인도 바라나시로 가는 길은 참 멀었다.

네팔의 수도 카트만두에서부터 2박3일 동안

미니버스, 합승택시, 밤기차 등으로 장시간 이동한데다,

길을 찾아 헤매고, 흥정하고, 사람들에게 시달린

우여곡절까지 더해져 우리의 피로감은 극에 달했다.

밤새 달려온 기차는 인도 바라나시 역에 도착하고 있다.

우린 가방을 챙겨 내릴 준비를 했고,

기차는 속도를 조금씩 줄여가고 있었다.

여전히 꽤 빠르게 달리는 상태인데 열차 밖에서

현지인 하나가 달려와 열려 있는 문으로 잽싸게 올라탄다.

"헤이, 쁘렌드~"

그는 '오토릭샤'라 불리는 삼륜오토바이 운전사였다.

오토릭샤는 인도에서 가장 흔히 볼 수 있는 교통수단으로,

역에 내리는 순간부터 어마어마하게 많은 운전사들이

손님을 태우기 위해 달라붙는다.

그가 목숨 걸고 달리는 열차에 뛰어오른 것도

이 치열한 경쟁에서 살아남기 위한

나름의 차별화(?) 전략인 듯하다.

중심지로 이동하려면 어차피 타야 할 유일한 교통수단이지만,

인도에선 사람 조심하라는 말을 하도 많이 들어서인지

이렇게 달려든 사람은 웬만하면 피하고 싶다.

그러나 그의 입장에서 보면 우리 같은 외국인은

너무나 좋은 먹잇감이기에 절대 포기할 리 없다.

"호뗄? 호뗄? 헤이, 쁘렌드~ 왓 호뗄?"

더 이상 모른 척할 수가 없다.

그는 계속해서 길을 가로막으며 말을 붙여왔고,

우린 바짝 긴장한 상태로 무심하게 대화에 임했다.

나   응?

운전사   호뗄? 텔미. 왓 호뗄?

나   A호텔

운전사   오케이! 내가 거기 잘 알아. 가자!

나   얼만데?

운전사   150루피*(약 3,000원)*.

나   나도 이 동네 가격 다 알아. 다른 거 탈게.

운전사   가이드북 봤구나? 거긴 얼마에 나왔어?

나   100루피.

운전사   사실 지금 시기에는 120루피야.

나   다른 거 탈게.

운전사   오케이! 오케이! 100루피!

홍정은 이제 너무나 익숙한 일이었지만,

의외로 쉽게 끝났다.

그렇게 그를 따라 오토릭샤를 타고 A호텔로 향했다.

가는 길에도 그의 입은 쉬질 않는다.

운전사   이쪽은 내가 오랫동안 일해 와서 잘 알아.

나   응.

운전사	내가 여길 잘 아는데, 사실 A호텔은 너무 비싸.
나	응.
운전사	거긴 너무 비싸니까 다른데 소개시켜줄게.
나	아니. A호텔.
운전사	한국 사람들 많이 오는 숙소가 있는데 싸고 방도 좋아.
나	그래? 그래도 A호텔.
운전사	지금 A호텔 가면 자리가 없어서 하루 3,500루피^(약 7만 원) 방만 남아 있을 걸?
나	오케이. 알았으니까 일단 가자.
운전사	그럼 내가 소개시켜 주는 방 먼저 보고 맘에 안 들면 A호텔로 갈게.
나	아니. 우선 A호텔로 가서 맘에 안 들면 그쪽으로 갈게.
운전사	오케이. 상관없어.

잠시 후, 그는 어디론가 전화를 걸며 우리에게 말했다.

운전사	내가 A호텔에 방 있는지 전화로 알아봐줄게.
나	아니. 괜찮아. 그냥 가자.
운전사	아냐. 내가 전화해볼게.
나	아니! 일단 그냥 가자고!

결국 그는 어디론가 전화를 연결했다.

우리에게 휴대폰을 보여주며

A호텔로 저장된 번호임을 알려줬지만,

힌디어라 알아볼 수가 없다.

역시나 우리가 알아듣지 못할 힌디어로

몇 마디 얘기를 나누더니 나보러 받아보란다.

나	헬로?
여직원	네. A호텔 리셉션입니다.
나	오늘 빈 방 있나요?
여직원	지금은 없고 오후가 되면 방이 나오는데
	3,500루피 방만 남아 있습니다.
나	오케이. 땡큐.

얼른 종료 버튼을 누르며 운전사에게 휴대폰을 돌려줬다.

그가 나를 보고 씨익 웃는다.

운전사	(깐족대며) 뭐래? 방 있대?
나	응. 좀 있음 나온대. 가자.
운전사	정말? 음…, 상관없어.

이제야 입을 다물고 가던 길을 계속 간다.

그러나 잠시 후 도착한 곳은 A호텔이 아닌

그가 소개하려던 숙소.

그는 시동을 끄고 내렸다.

일단 자신이 소개시켜 주는 방부터 보라며 앞장선다.

'이러면 뭐 방법이 있나.'

그냥 방이나 빨리 보고가자는 심정으로 그를 좇았다.

낡고 작은 2층 건물.

운전사는 우리에게 안으로 들어가 보라며 등을 떠밀었다.

문이 달리지 않은 작은 아치형 입구는

내가 머리를 살짝 숙여야 들어갈 수 있을 만큼 낮고 좁았다.

안으로 들어서니 통로는 더 좁고 어둠침침했다.

뒤에서 들리는 운전사의 목소리.

"2층으로 올라가봐."

왼쪽에 올라가는 계단이 있었다.

짙은 회색의 시멘트계단 끝으로 보이는 몇몇 남자들이

아래를 내려다보며 올라오라 손짓하고 있다.

어둠 속이라 실루엣밖에 안 보였지만 직감적으로 알았다.

'이 좁은 계단을 오르면 절대 못나오겠구나!'

발걸음을 돌려 밖으로 빠져나왔다.

다행히 뒤따라오던 운전사가 상대적으로 왜소했기에

그냥 밀고 나올 수 있었다.

얼른 100루피를 꺼내어 그에게 쥐어줬다.

"우리 그냥 걸어갈게!"

우선 자리를 피했다.

지도를 보니 A호텔까지 무려 3km나 더 가야 한다.

배낭을 메고 걸어가는 내내 수많은 사람들이 우리에게 다가온다.

"헤이, 쁘렌드~ 땍씨?"

"호뗄?"

"커몬~ 마싸~지."

가게로 들어오라는 사람부터

오토릭샤와 사이클릭샤(자전거 뒤에 사람을 싣고 다니는 교통수단) 기사들까지

쉴새없이 달라붙는다.

짐이 있어서 뭐라도 타고 싶은 마음도 있었으나

또 어떤 기사를 만나게 될지 몰라 그냥 걸었다.

몸은 이미 지쳤지만 긴장을 늦추지 않고 앞만 보며 계속 걸었다.

그렇게 힘겹게 A호텔에 도착했다.

녹초가 된 상태로 리셉션 직원에게 물었다.

"여기 두 사람 이용할 빈 방 있나요?"

"네. 많이 있어요. 600루피(1만2천 원)입니다."

'이런. 그럼 아까 내가 통화한 사람은 누군가.'

정신 바짝 차리고 살아야겠구나!

흔히 '고집'이라 하면 고집쟁이, 고집불통 등

부정적인 이미지를 떠올리기 쉽다.

그러나 사실 고집의 사전적 의미는 다음과 같다.

'자기의 의견을 바꾸거나 고치지 않고 굳게 버팀'

귀를 닫으면 '불통'이지만,

경청하면서도 내 주관은 흔들리지 않을 수 있다.

진짜 중요한 가치는

끝까지 지키기 위해 굳게 버텨야 한다.

때론 고집이 필요할 때가 있다.

#짝퉁 #뭐가진짜야 #믿을곳이없네   #인도 #델리 #기차역

#014 나보다 나를 더 잘 아는 몸

긴장하고 있던 몸의 발악

인도에서 2주간의 여행을 마치고 두바이로 떠나던 날.

'몸이 좀 이상한데?'

아침에 일어나니 몸이 무겁다.

좀 지나면 낫겠지 했는데

짐을 챙겨 숙소에서 나올 때쯤엔

목도 아프고, 머리도 아프고, 심지어 열까지 펄펄.

몸살이다.

2주간 나도 모르게 몸이 엄청 긴장하고 있었나보다.

소매치기, 사기, 호객 행위 등

각종 범죄와 사고로 악명 높은 도시들을 거쳐 왔다.

늘 신경이 곤두서 있으면서도 스스로는 잘 인식하지 못했는데,
지금 몸이 대신 말해주고 있다.

'오늘 여기 떠나니까 이제 긴장 좀 풀어.'
좀 쉬란다.
몸뚱어리가 온갖 아픔으로 내게 호소한다.

큰 사고가 일어나기 전 수많은 작은 사고들이 예고한다는
'하인리히의 법칙'처럼,
몸의 작은 신호들을 무시하다가
크게 앓는 경우가 많다.

몸의 신호를 인지하지 못할 만큼 너무 바쁜 요즘 시대,
나보다 나를 더 잘 아는 몸의 신호에 귀를 기울여본다.

#쉬엄쉬엄해 #쉬어가도괜찮아 #델리시내 #인도

#015 타임머신 타고 시간 여행

3시간 만에 시대 이동하기

"돈데기리기리~ 돈데기리기리~"

주전자 모양의 시간 여행 장치에 주문을 외우면

시대를 이동하는 문이 열린다.

어릴 때 즐겨보던 〈시간탐험대〉라는 만화에 나오는 한 장면이다.

누구나 한 번쯤 꿈꾸듯,

나도 당시엔 그 만화를 보며 타임머신을 상상하곤 했다.

'그 꿈이 이루어지는 건가.'

여행을 하다 보면 분명 공간을 이동하고 있는데,

막상 어디엔가 도착했을 땐

시대를 이동해 날아온 듯한 기분이 자주 든다.

그야말로 시간 여행이다.

그런 면에서 우린 너무나 쉽게 시간을 이동하고 있는지도 모른다.

인도에서 두바이로 가는 비행기를 찾다가

가장 저렴한 날짜의 티켓을 끊었다.

공교롭게도 결혼 1주년.

첫 번째 결혼기념일을 우리나라가 아닌

다른 두 나라에서 보내게 됐다.

가장 오래된 모습을 간직한 곳과,

가장 미래적인 모습을 갖춘 곳.

기분이 묘하다.

인도 델리 공항에서 나름의 결혼기념일 만찬을 즐기고,

밤이 되어서야 두바이에 도착했다.

3,000년을 거슬러 올라갔다가 미래로 날아온 느낌이다.

불과 몇 시간 전, 흙바닥을 맨발로 걸어 다니는 사람들 사이에서

자전거 수레를 타고 이동했는데,

지금은 말끔한 정장 차림의 사람들과 무인시스템 전철을 타고

초고층 빌딩 사이를 달리고 있다.

'같은 세상 아래에서 이렇게 다른 모습으로 살아갈 수 있을까.'

놀라운 건 과거로 가면 과거에 맞게,

미래로 가면 미래에 맞게 몸이 금세 적응한다는 사실.

과거와 미래를 넘나들며 삶의 다양한 모습에 놀라는 한편,

어떤 지역이든 조금 지내다보면 그 반대의 감정도 느낀다.

'결국 사람 사는 세상은 다 똑같구나.'

수백 년, 혹은 수천 년 전 쓰인 책을 보며

'그 시대 사람들도 지금과 같은 생각을 했네?'하고 느끼는 것처럼

시대가 아무리 변해도 사람의 본성은 잘 변하지 않나보다.

감정은 시대를 초월한다.

그것이 사랑, 기쁨, 감사, 욕심, 질투, 분노, 무엇이든 간에

늘 존재해왔고 어디에나 존재한다.

심지어 아주 오래전의 역사적 사실이

이러한 감정들을 불러일으키기도 한다.

지역에 따라, 문화에 따라, 시대에 따라,

인간의 '다름'과 '한결같음'의 공존을 느낀다.

이것이야말로 여행의 가장 큰 묘미 중 하나가 아닐까?

#타임머신 #내가이동한건시간인가공간인가

#부르즈할리파 #UAE

#016 도둑이 제 발 저리다

이스라엘 입국 심사

요르단 국경에서 전용버스를 타고
이스라엘 출입국사무소에 도착했다.

'그래도 그렇지. 들어가기도 전에 저렇게 길바닥에다가…'

한 동남아 여성이 바닥에 모든 짐을 샅샅이 풀어
조사를 받고 있다.
이것이 우리가 맞이한 이스라엘 국경의 첫 장면이다.
괜히 더 긴장된다.

이스라엘의 입국 심사는 워낙 까다롭기로 유명하다.
이미 자세히 알아봤다.
보안이나 검색도 철저하고, 말 한마디 잘못하면

입국 거부 당하는 경우도 많다고 한다.

그래서 그런 케이스도 철저히 조사해왔다.

"우리 무슨 면접 보러 왔어?"

말 하나라도 실수할까 바짝 긴장한 채,

준비한 예상 질문에 대한 답변을 머릿속으로 되뇌었다.

이스라엘에서 다시 나갈 때의 비행기 표와

어디서 얼마나 머물지에 대한 상세한 계획까지

완벽한 대답을 준비하고 있었다.

하지만 그중에서도,

이스라엘 내에 관계된 사람이 있으면

입국이 어렵다는 말을 많이 들어서

이 질문만큼은 실수하지 않으려 정신을 바짝 차렸다.

드디어 입국심사대에 섰다.

"Connection(관계)?"

첫 질문부터 이렇게 나올 줄이야.

'올 것이 왔구나.'

기다렸다는 듯이 반사적으로 자신 있게 대답했다.

"No!"

심사관의 표정이 일그러지며 내 눈을 한참 동안 똑바로 바라본다.

순간 뭔가 잘못되었음을 직감할 수 있었다.

'아… 망했다…'

그는 그저 우리 둘의 관계를 물었을 뿐이다.

괜히 도둑이 제 발 저려 일이 커졌다.

얼른 부부관계라 말하며 수습했지만, 이미 어색해진 분위기.

긴장 수치는 최고조로 올라간다.

솔직히 내가 봐도 이상하고 의심스럽다.

이 수상한 부부에게 질문은 끊임없이 쏟아졌고,

질문에 질문 끝에, 여행 중 가장 힘겨운 입국심사를 마쳤다.

때론 너무 많은 정보, 너무 완벽한 준비가 독이 된다.

자연스럽게, 순간에 반응할 여지를 남겨두자.

#짐의크기=걱정의크기 #무슨준비를그렇게많이해   #사해 #이스라엘

#017 뭐가 그리 고쳐주고 싶은 게 많은지

콜롬비아 소금성당에서 만난 미국인

콜롬비아의 유명 관광지인 소금성당을 방문했다.

거대한 소금광산 내부를 성당으로 만들어둔 곳이다.

안전상의 문제로 반드시 가이드와 동행해야 한다.

시간대별로 스페인어 안내와 영어 안내가 번갈아가며 있었다.

"영어 안내는 멀었는데? 그냥 이번 꺼 들어갈까?"

우리가 도착했을 땐 스페인어 차례라

기다림이 싫은 내가 아내에게 물었다.

"그래도 영어 안내로 들어가면 뭐 하나라도 더 알아듣겠지."

아내의 의견을 따르기로 했다.

이제 갓 성인이 되었을 법한 현지인 여성 가이드가 나왔다.

어린데도 영어를 참 잘한다.

설명도 재밌고 함께 있던 사람들과 소통하는 모습도 참 매력적이다.

"영어는 어디서 배웠어요?"

부러움에 슬쩍 한마디 질문을 던졌다.

"혼자 공부했어요. 태어나서 이 동네를 떠나본 적이 없거든요."

콜롬비아에서 그 정도 영어 잘하는 사람을 만나는 일이 흔치 않기에

이 어린 친구가 더욱 놀라웠다.

그런데 그녀가 말할 때마다 유일하게 자꾸 끼어들고

딴지거는 한 사람이 있었으니,

한 중년의 미국인 남성.

"그 발음은 그렇게 하는 게 아니야."

말끝마다 발음을 그렇게 하면 안 된다며 계속 고쳐준다.

'아… 거슬린다.'

내가 알아들을 정도의 영어를 미국인이 못 알아들었을 리 없는데.

뭐 앞으로 더 잘 하라고 좋은 마음으로 고쳐줬을 수도 있겠지만,

팀의 흐름을 끊고 분위기를 해칠 만큼 너무 과하다.

'도대체 뭐가 그렇게 고쳐주고 싶은 게 많은 거야?'

우린 왜 그리 상대방을 고쳐주고 싶은지 모르겠다.

그 미국인의 태도를 고쳐주고 싶은 내 마음도 마찬가지.

#진상 #니가해봐우리말   #콜롬비아 #소금성당 #가이드와함께

#018 헤어드라이기 200% 활용법

브라질 모기의 습격

장기 여행에서 가장 유용한 물품 중 하나를 꼽으라면

바로 헤어드라이기.

기본적으로는 머리를 말리는 것이 목적이지만,

젖은 옷이나 수건을 급하게 말리기도 하고,

알루미늄 호일에 포장해온 음식을 데워먹을 때도 유용하다.

난방이 안 되는 숙소에서 잠들기 전에 이불 속에 잠시 틀어두면

이만한 난방기구도 없다.

하지만 드라이기는 무엇보다 모기에 물렸을 때

가장 큰 힘을 발휘한다.

브라질 리우데자네이루에 작은 집을 빌렸다.

저녁에 집주인에게 받을 물건이 있어

잠시 혼자 밖으로 나왔다.

집 주위에 나무가 우거져 있어서 골목을 빠져나오기까지 깜깜하다.

"웨에에에에엥~~~"

갑자기 뭔가 작고 새까만 벌레들이

앞을 가릴 정도로 떼를 지어 날아든다.

모기다!

이들이 날아와 살갗에 부딪히는 느낌이 굉장히 불쾌하다.

팔을 거침없이 내저으며 빠르게 달려 집으로 들어왔다.

잠시 후 모기떼의 습격을 받은 온몸이 가렵다.

민소매 티셔츠와 반바지를 입은 자리만 빼고

온 팔다리가 부어오른다.

50군데까지 세다가 포기했다.

참을 수 없이 가렵다.

드라이기를 꺼내들었다.

드라이기의 뜨거운 바람으로 모기 물린 자리를 지지면(?)

그만한 특효약도 없다.

드라이기로 가려운 자리를 찾으려할 때 느꼈다.

모기한테 50군데 물렸다고 해서

50군데가 동시에 가려운 게 아니란 사실을.

놀랍게도 가려운 부분은 한군데였다.

가려운 곳을 지졌다.

'역시 드라이기가 최고다!'

가려움이 금세 사라졌다.

그런데 곧 다른 곳이 가렵기 시작한다.

다시 그곳을 지졌다.

역시나 가려움은 사라진다.

그러자 또 다른 곳이 가려웠다.

그렇게 하나씩 하나씩 지져갈 때마다 새로운 곳이 가려웠다.

'끝이 없네?'

삶의 모든 문제와 고통이 그렇지 않을까?

우리는 여러 가지 문제들을 안고 살아간다.

그러나 잘 따져보면 정말 신경 쓰이는 건 제일 큰 한 가지다.

#하나씩지져볼까 #인생의문제들도   #예수상 #브라질

그 한 가지 문제가 해결되고 나면,

그 문제에 가려져 있던 또 다른 문제가

가장 큰 문제가 되어 나타난다.

그래서 어떤 때는 차라리 큰 일을 떠맡는 게 나을 때가 있다.

하나를 집중해서 준비하다 보면

자잘하고 복잡한 문제들은 어느새 사라져 있기도 하다.

대게 사랑하는 사람을 잃거나 건강에 적신호가 오면,

자신의 삶에 진짜 중요한 가치들을 다시 생각해 보게 된다.

이전에 고민하던 문제가,

문제가 아니었음을 깨닫는 경우도 많다.

어찌 삶을 아무 문제없이 살아갈 수 있을까?

서둘면 금방 지친다.

하나씩 차근차근 풀어가자.

그리고 이왕 문제를 안고 살아간다면,

좀 더 가치 있는 일들로 고민하고 싶다.

#019 삶에 꼭 필요한 것만 남기기

우유니 소금사막에서의 굴욕

볼리비아 우유니 소금사막 투어를 신청했다.

투어 신청자들은 튼실해 보이는 사륜구동 지프 지붕 위에

자기 짐을 하나둘 실었다.

나도 지붕 위로 가방을 휙 던졌다.

돌아서는데 뒤에 한 유럽 여성이 자신의 머리를 훌쩍 넘는

거대한 배낭을 짊어지고 나타난다.

"내가 좀 도와줄까?"

혼자 짐을 올리는 것이 버거워 보여 멋지게 달려가 도와주려 했다.

'그렇게 무거울 줄이야……'

결과적으로 멋지지 못했다.

이를 악물고 낑낑대며 겨우 올리긴 했으나,

거칠게 몰아치는 숨소리를 숨길 수는 없었다.

'나도 웬만하면 힘에서 안 밀리는데,

서양인들은 체력이 월등한 건가?'

우리가 가진 배낭을 돌아봤다.

보통 배낭 여행자들이 메는 무게의 3분의 1이나 될까?

특히나 세계 여행자들 사이에서는

명함도 못 내밀 작은 배낭 둘.

그래도 이 안에, 살면서 필요한 웬만한 물건은 다 있다.

옷, 속옷, 세면도구는 기본, 슬리퍼, 노트북, 커피포트,

프라이팬, 드라이기, 샴푸, 로션, 상비약까지…….

배낭 무게는 각각 7㎏, 5㎏ 정도.

이 두 녀석들과 1년을 넘게 살았다.

작은 배낭 하나씩만 들고 살아도 사는 데 큰 불편이 없다.

심지어 더 놀라운 사실은, 그 안에도 안 쓰는 물건이 있다는 거.

여행의 커다란 유익 중 하나는,

삶에서 꼭 필요한 것이 무엇인지 온몸으로 배운다는 점이다.

짐이 많고 무거울수록 체력적으로나 시간적으로나

여러모로 여행의 질이 떨어진다.

여행을 하면 할수록 우선 순위에서 밀려나는 짐들은

하나씩 사라진다.

짐이 가벼운 만큼 마음도 가벼워진다.

아니, 마음이 가벼워지는 만큼 짐도 가벼워진다.

사실 우리가 살면서 고민하는 삶의 짐들도 그렇다.

빈 마음을 채우기 위해 무언가 많이 소유하면

삶의 무게감은 줄어들 것 같지만,

가질수록 삶이 더 무겁기만 하다.

떠나자.

떠나면 불필요한 것들이 보인다.

떠나면 가벼워진다.

떠나자.
떠나면 가벼워진다.

#이제가벼워질시간 #떠나자   #우유니소금사막 #볼리비아

#3 공감

따뜻한 마음이 오가는 곳

세계 여행을 떠날 때부터 지금까지,

처갓집 거실 한쪽 벽엔 세계지도가 걸려 있다.

우리가 이동할 때마다 장인어른께서 경로를 표시해두셨다.

심지어 여행을 다니는 동안엔 거실 바닥 한가운데

또 하나의 커다란 세계지도가 있었다고.

"야, 그거 밟지 말고 조심해!"

처제가 거실에 나올 때마다 들었던 말이란다.

'부모 마음이란…….'

마음으로 함께한다는 것이 이런 거구나!

#020 한 생명을 위한 비행기의 유턴

응급 상황을 대하는 자세

프랑스에서 덴마크로 가는 비행기 안.

대각선으로 세 칸 앞쪽에 히잡을 쓴 한 여성이
호흡 곤란 증세를 일으켰다.
특별히 관심 가지지 않으면 모를 만큼
그리 심각해 보이진 않았다.
잠시 후 승무원이 와서 이야기 나누는 것을 보며
뭔가 문제가 있음을 알았다.

'뭐지? 유턴인가?'
비행기가 방향을 틀어 도는 것이 온몸으로 느껴졌다.
방송이 나오고 어디론가 급히 착륙을 했는데,
GPS로 확인해 보니 덴마크가 아닌 네덜란드 암스테르담.

착륙 지점엔 앰뷸런스가 대기하고 있었고,

다행히 여성은 스스로 걸어 나갈 정도는 되었다.

여성이 나간 후, 우리는 다시 이륙하기 위해

비행기 안에서 한참을 기다려야 했다.

이 사건으로 비행기는 예정보다 세 시간 이상 늦게 도착했지만

누구 하나 불만을 표출하지 않았다.

'이미 한 시간 넘게 날아온 비행기가 유턴이라니.'

총 비행 시간이 겨우 두 시간도 안 되는 짧은 거리였다.

사실 조금만 버티면 덴마크로 가서 내릴 수도 있었지만,

그들은 그렇게 하지 않았다.

단 몇 분의 시간을 벌기 위해 수백 명이 탄 비행기를 돌렸다.

신선한 충격이다!

겨우 몇 분의 차이가 그 환자에게는 '겨우'가 아닐 수 있었다.

그리고 수백 명의 몇 시간을 포기하더라도

혹시 모를 '한 생명'의 단 몇 분을 살려내는 과정은

감동하기에 충분했다.

그 상황을 받아들이는 주변 사람들의 의식에도

격한 박수를 보낸다.

소수의 욕심을 채우기 위해 수백 명,

그 이상의 삶이 희생되는 곳도 많은데….

그런 곳에서도 이 상황을 공감할까?

자, 한 생명을 위해
비행기 돌립니다!
꽉 잡으세요~~

#생명을살리는유턴 #비용이뭐가중요해　　　　#덴마크로가던비행기

#021 네팔에서 만난 꽁치김치찌개

외국에 나갔을 때 한식이 주는 위로

여행 중 만나는 맛있는 한식 한 끼는

여행의 피로를 풀어주고 삶에 생기를 더해준다.

사실 우리 부부는 주어진 대로 먹는 스타일이라

특별히 한식을 그리워하는 편이 아님에도 불구하고,

가끔 한식을 만날 때면 눈이 뒤집힌다.

매일 집밥만 먹을 땐 외식을 하고 싶다가도

집 나가 살면 집밥이 그리운 것처럼,

해외 나가면 매일 먹던 한식이 그렇게 귀하다.

한식당을 찾아보기도 힘들 뿐더러

해외에서의 한식은 너무 비싸서 쉽게 먹을 엄두도 안 난다.

비싼 돈 주고 사먹었다가 실패할까 하는 두려움도 크다.

"아…, 이게 15,000원이라고?"

한국인의 푸짐한 정을 기대했다가는 큰 코 다친다.

물가도 그리 비싸지 않은 터키에서

한식당을 찾아 큰맘 먹고 시킨 된장찌개가

겨우 종이컵 한 컵 채운 정도의 양이었을 때 그 실망감이란.

여행하면서 가장 한식을 많이 먹은 지역은 네팔이다.

물론 네팔에서도 현지 물가에 비해서는 비싼 편이지만

기본 물가 자체가 저렴해서 크게 부담이 없고,

히말라야 등반을 위해 오는 한국인들이 많아

한식당도 여러 군데 있다.

그중 우리가 가장 애용한 곳은 〈소비따네 한국식당〉.

여행 중 만난 세계의 한식당 중

가장 기억에 남는 곳이기도 하다.

해외에 있는 한식당은 대부분 한국인 사장님이 운영하면서

현지인 직원을 고용하는 시스템인 반면

여기는 유일하게 네팔 현지인이 직접 운영한다는 점도

인상적이다.

첫째 아이 '소비따'의 이름을 따서 〈소비따네 한국식당〉.

뭔가 정겹다.

이미 SNS에서 '꽁치김치찌개' 맛집으로 소문난 이곳은,

소비따네를 사랑하는 한국인들 덕에

예쁜 글씨의 한글 메뉴판이 여기저기 붙어있다.

꽁치김치찌개, 김치볶음밥, 계란말이를 하나씩 시켰다.

'와 여기 네팔 맞나?'

어떻게 네팔에서 이런 맛이 나올 수 있을까 싶을 정도로,

아니 어쩌면 한국보다 더 한국적인 맛스러운 한국음식이 나왔다.

외국에서는 찾기 힘든 진짜 한국적인 김치와,

늘 먹던 흩날리는 밥이 아닌,

푸짐하게 꾹꾹 눌러 담은 정성스런 진밥.

게다가 주변 한식당의 절반수준인 착한 가격까지.

'집밥을 담은 한 끼가 이렇게 위로와 감동을 줄 수 있구나.'

가까이 있을 때 귀한 줄 모르는 지금 내 앞의 집밥,

내 앞의 가족들을 다시 보게 된다.

가끔 '집밥'을 떠나온 사람들에게

꾹꾹 눌러 담은 따뜻한 '집밥' 한 그릇 느끼게 해주는,

그런 사람으로 살고 싶다.

#네팔에서만난우리집 #진심한그릇   #소비따네한국식당 #네팔

#022 오늘은 내가 다 틀렸다

현지인들에 대한 선입견

목적지까지 한 시간 정도 남았을까.

네팔의 좁고 구불구불한 비포장도로를 운전해온 버스기사도,
자리에 제대로 앉아보지도 못하고 버스 문에 매달려
정신없이 손님을 태우던 직원도,
좁은 자리에서 쪼그린 상태로 무거운 짐을 안고 달려온 우리도,
모두가 지칠 대로 지쳤다.

10시간을 타고 가는 버스요금은 우리 돈으로 겨우 5천 원.
그것도 우리처럼 10시간 내내 타고 있는 사람이나 그렇지,
대부분은 중간에 타서 몇 백 원 내고 조금 가서 내리고 그러니
10시간 동안 열심히 사람 태워봐야 기름 값 빼면
남는 것도 없을 것 같다.

9시간이 넘어갈 무렵,

갑자기 버스 안에 울리던 음악소리가 조금씩 커진다.

나름 네팔 최신 댄스가요 정도 되는 것 같은데,

버스기사와 직원이 노래에 맞춰 리듬을 타기 시작한다.

점점 몸을 신나게 들썩이며 춤을 춘다.

보는 사람도 신나서 같이 들썩이게 만들 정도.

충격이다.

'어떻게 이런 힘이 남아 있지?'

흙먼지 날리는 울퉁불퉁하고 좁은 비포장도로를

다 쓰러져가는 낡은 미니버스로 이미 9시간이나 달렸다.

게다가 사람을 태우며 돈을 받는 직원은

9시간 동안 거의 문에 매달려 왔다.

그런 그들이 지금 내 앞에서 신나게 춤을 추고 있다.

잠시 멍하니 지켜봤다.

가만 생각해보니 네팔의 행복지수가 높다는 이유를

조금은 알 것 같다.

어쩌면 누군가는, 그들의 삶이

아직 가난하고 미개하다 말할 수도 있다.

하지만 그들의 초점은 겨우 먹고사는 데 있지 않다.

지금 자신에게 주어진 삶 자체를 그대로 즐기고 있다.

우리는 고차원의 행복을 이야기하면서도

정작 대다수는 항상 '먹고살기 힘들다'며

가장 1차원적인 불평을 늘어놓는다.

그런 면에서 이 순간은,

무엇이 진짜 고차원적인 행복의 삶인가를 돌아보게 하는

잊지 못할 장면이다.

목적지인 네팔 국경마을에 다다를 때쯤

남은 손님은 우리 둘 뿐.

버스기사가 처음엔 7~8시간이면 도착한다며

우리를 잡아 태웠는데,

같은 동네를 2시간 넘게 빙글빙글 돌며

사람을 가득 채우느라 10시간이 넘게 걸렸다.

가로등 하나 제대로 없는 시골동네에 벌써 저녁 9시가 넘었다.

'화장실 갈 때, 나올 때 마음 다르겠지?'

저들은 오늘 자기들 벌 만큼 벌었고,

그동안의 경험상 우린 이 동네 어딘가에 던져질 테고,

그때부터 숙소를 찾아 헤매기 시작할 것 같다.

잠시 후, 마을에 들어서자 버스직원이

우리에게 숙소가 어디냐 묻는다.

가서 찾아봐야 한다니까 갑자기 버스가 숙소를 찾아 나섰다.

한 숙소 앞에 버스가 서자 직원이 먼저 뛰어나가

방이 있는지부터 확인한다.

그리고 우리에게 손짓하며 와서 맘에 드는지 보란다.

따라가서 방을 보는 동안,

직원도 옆에서 우리가 'OK' 할 때까지 기다린다.

늦은 시간 난감한 상황에 이렇게 도와주는 것이 너무나 고마웠지만

한편으론,

'팁을 또 얼마나 요구하려고 그러지?'

이 생각이 떠나지 않았다.

밖은 너무나 캄캄했고,

이 늦은 시간에

방 상태야 마음에 들고 말고도 없다.

무조건 OK.

그래도 고마운 마음에 짐을 놓고

약간의 팁을 챙겨 내려왔다.

그런데 그 직원은 이미 달려가 버스에 타고 없었다.

밖을 내다 보니, 출발하는 버스에서

그는 내게 웃으며 손을 흔들고 있다.

쥐구멍이 있으면 숨고 싶은 심정.

그들의 순수한 마음을 의심의 눈으로만 바라보던

내가 부끄럽다.

그들은

힘들어도 돈만을 위해 악착같이 일한다는 생각도,

우선 돈만 벌면 사람은 뒷전일 것이란 생각도,

팁 몇 푼 더 받기 위해 과잉 친절을 베풀고 있다는 생각도,

오늘은 내가 다 틀렸다.

#오늘도즐기자 #음악과함께   #국경마을로가는버스 #네팔

#023 일본인 아저씨와 인도 기차

여행 중 마주치는 특별한 인연

인도에 도착해서 첫 여행 목적지인 바라나시로 가는
기차표를 끊으려 하는데 시스템이 뭔가 상당히 복잡하다.
가고자 하는 목적지, 시간, 등급에 맞게
열차 번호와 이름을 스스로 찾아야 한다.

우리나라에서처럼,
"바라나시 행 빨리 출발하는 걸로 두 장이요."
이랬다가는 혼난다.
실제로 이랬다가 혼났다.
직원이 안에서 화를 내며 뭐라 하는데
주위에 사람이 많아 시끄러운데다
창구 안에서 얘기하니 영어인지 힌디어인지 구분조차 안 간다.
직원의 손짓과 표정, 입모양만 보이는데 화났다는 사실만 알겠다.

그런데 옆에서 우리와 같이 쩔쩔매는 중년의 한 남자가 있었으니,

일본인이었다.

네팔 카트만두 이후 현지인 이외의 외국인을 본적이 없는데다

동양인을 만나니 왠지 반갑다.

일본에 대해서는 나도 보통의 한국인들이 가진 감정과

크게 다르지 않지만,

이상하게 여행에서 만나는 일본인들과는

좋은 기억이 많다.

특히나 이 아저씨 얼굴엔 '사람 좋음'이라 쓰여 있다.

아저씨도 우리를 발견하고 먼저 다가와 도움을 요청했다.

똑같이 바라나시 행 티켓을 구하는 중이다.

영어로 된 여행책자를 하나 보여주셨다.

읽어 보니 예약은 500m 정도 떨어진

다른 건물로 가야 한다고 나와 있다.

그때부터 우리 셋은 친구가 되어

500m 떨어진 건물을 향해 함께 걸었다.

몇 분 걷다보니 커다란 힌디어 간판이 나왔다.

'여기인가?' 하면서 들어가려는데

아저씨가 목에 걸린 GPS를 보며 말했다.

"아직 400m야. 100m 더 가야 해."

'일본인들이 정확한 걸 좋아한다지만 설마 이 정도?'

호기심 반 의심 반으로 그때부터 속으로

발자국 수를 세면서 걸었다.

큰 걸음으로 100발자국 되는 순간

저 앞에 〈Ticket Office〉라는 간판이 눈에 들어왔다.

아저씨가 가진 GPS도 설정해둔 500m에 다다르고 있었다.

그때부터 다시 티켓을 끊는 전쟁이 시작되었다.

쉽지 않은 과정을 거쳐 결국 힘겹게 티켓을 끊었다.

바라나시까지 7~8시간 이상 기차를 타야 해서 우린 밤차로 끊었고,

아저씨는 이미 근처에 숙소를 잡아둔 상태라

다음 날 아침 차를 끊었다.

우리가 기차를 타기까지 8시간 정도 남았다.

"내가 묵는 숙소에 와서 좀 쉬다 갈래?"

일본인 아저씨가 물었다.

사실 장기 여행을 다녀온 사람들은 하나같이 말한다.

'여행 중 만나는 사람은 누구도 믿지 마라!'
이 말이 순간 머리를 스쳤지만, 우린 조금의 망설임도 없었다.

"땡큐. 같이 가요!"
주위엔 시간을 때울 만한 카페도, 음식점도,
심지어 벤치 하나 없다.
게다가 아무것도 모르는 우리 같은 여행객은
현지인들에게 최고의 먹잇감이다.
가만히 서 있으면 몇 초가 멀다 하고
누군가 계속해서 달라붙는다.
물건을 팔든, 따라오라고 하든,
끊임없이 우리의 주머니를 노린다.

여기서 가장 믿을 수 있는 건 이 아저씨뿐이다.
역에서 2km 정도 떨어진 곳에 아저씨 숙소가 있었는데,
들러붙는 사람들을 피해 앞만 보며 빠르게 걸었다.
방에 도착하니 아저씨가 룸서비스로 차(tea)도 시켜주고,
미리 사둔 과자랑 과일도 맘껏 먹으라며 주셨다.

맘껏 먹었다.

티켓 끊느라, 사람들에게 시달리느라,

여러모로 진이 빠졌다.

아저씨에게 미안할 만큼 입으로 뭐가 계속 들어간다.

아저씨는 은퇴 후 혼자 여행 중이라는데

온갖 최첨단 기기는 다 가지고 있었다.

최신 아이패드, 울트라북, GPS 정도는 기본이고,

초소형 핫플레이트, 레이저 거리 측정기, 적외선 온도계 등.

또 무슨 마요네즈 병 같은데 필터가 달려서

물을 정수하는 기구도 있었는데

인도에선 참 탐나는 아이템이었다.

심지어 박테리아 검출기까지 가지고 다녔다.

당시에는 굉장히 신기했지만

자존심상 아무렇지 않은 듯 자연스레 행동했다.

어쨌든 그렇게 함께 차를 마시며 이야기도 하고,

밥도 먹고, 근처에 슈퍼도 다녀오고 하니,

8시간이 금세 지났다.

막상 헤어질 때가 되니 아쉬움마저 남는다.

바라나시에서 다시 만나기로 약속하고
우린 아저씨가 묵던 숙소를 떠났다.

"너희를 만나서 표를 끊을 수 있었어.
고마워. 진짜 고마워."

아저씬 우리에게 거듭 감사를 표했지만
우리야말로 이 분을 안 만났으면 그 하루가 어땠을까 싶다.
그곳에서 8시간 기다렸을 상상만 해도 끔찍하다.
이후 바라나시에서도 아저씨와 만나
옆 숙소에 머물며 같이 식사도 하고 좋은 시간을 보냈다.

여행을 하다 보면 생각지 못한 만남들이 있다.
계획에도 없고, 계획할 수도 없는 만남들.
항상 가장 적절한 곳에서 가장 적절하게 만난다.

인생의 모든 만남이 그렇겠지.

#완벽한타이밍 #우리가만난천사   #인도에서만난 #일본인아저씨

#024 고스란히 되돌아온 26만5천 원

베푸는 만큼 그대로 돌아온다

카타르 여행을 마치고 터키에 처음 도착했을 때,

한국에서 친하게 지내던 지인의 소개로

터키의 한 봉사활동가 선생님 부부를 만났다.

처음부터 우리를 굉장히 편하게 대해 주셔서

맘껏 웃으며 즐길 수 있었고,

간만에 제대로 된 한식도 실컷 먹으며

유익한 대화도 많이 나눴다.

"숙소는 예약했어요?"

우리가 숙소를 예약하지 못하고 왔다는 말에

굳이 따로 돈쓰지 말라며 흔쾌히 방까지 내주셨다.

여행을 떠난 이후 가장 편안한 이틀이었다.

참 찾아보기 드문 좋은 분들을 만나

육체의 쉼과 함께 마음의 쉼까지 누렸다.

우리가 가장 편안하게 쉴 수 있도록,

너무 과하지도 부족하지도 않게 배려하는 모습이 탐날 정도였다.

그렇다고 우리에게 뭔가를 맞춰주려고 애쓰는 느낌이 아니라,

일상처럼 편안해 보였다.

베푸는 삶이 몸에 배어 있어서 그런가 보다.

그렇게 마음이 여유로운 두 분의 삶은 의외로 너무 바빴다.

어려운 사람들을 돌보고 가르치느라 하루가 모자를 만큼

치열해 보였다.

뭐라도 돕고 싶지만 우리가 손댈 수 있는 영역이 없다.

둘째 날,

다함께 식사를 하는데 우리 여행이 화두에 올랐다.

한창 이야기하던 중 여자 선생님이 남편을 바라보며

한마디 툭 던졌다.

"자기야, 우리도 돈 좀 모아서 애들 데리고

그리스라도 한 번 다녀올까?"

그 말이 왠지 모르게 귀에 꽂혔다.

'터키에 꽤 오랫동안 사신 걸로 아는데…….'

그리스라면 터키에서는 우리나라에서 시외버스 타듯

쉽게 다녀올 수 있는 곳이다.

그리스도 다녀오지 못했다는 건

그만큼 여유가 없다는 뜻이다.

그동안 사람들 돌보느라 너무 바쁘게만 살아오신 것 같다.

많은 봉사자들이 그렇듯 검소하게 사는 것도 한몫했다.

식사 후, 방에 들어와 아내와 상의했다.

"우린 지금 계속 여행만 하는데

우리 여행이 며칠 줄어들더라도

이 가족이 여행 한 번 다녀왔으면 좋겠어."

안 그래도 도와드릴 수 있는 게 없어 아쉬웠다며

아내도 기쁜 마음으로 동참했다.

한국에 연락하던 친구도 이 이야기를 듣고 돕고 싶다며

갑자기 3만 원을 보내왔다.

대다수의 배낭 여행자들처럼 우리 역시

십 원 짜리 하나 아껴 쓰는 입장이지만,

삶을 헌신하는 그분들의 모습에 감동하여

떠날 때 편지 한 통과 함께 터키 돈 500리라^(약 25만 원)를 두고 왔다.

넉넉하진 않아도 가족 넷이서

그리스에 여행 다녀올 수 있는 비용이다.

그리고 사실 또 하나 맘에 걸리는 부분이 있었다.

첫째아이가 학교를 다녀오면

부엌 식탁에 앉아 공부를 하는데,

불빛이 너무 약했다.

어둠침침한 백열등 하나가 전부다.

시내에 나가 전구 파는 가게를 어렵게 찾았다.

30리라^(약 1만5천 원)짜리 제일 좋은 LED전구 하나를 사서

전달했다.

이후 우린 이스탄불로 떠났고,

한국에서 터키로 휴가를 온 친한 형을 만날 수 있었다.

이스탄불에서 우리와 며칠간 동행했다.

터키 여행이 마무리 될 무렵, 형은 한국으로 돌아가면서

우리에게 봉투를 하나 건넸다.

"이게 뭐예요?"

"별거 아냐."

형의 한국행을 배웅하고 돌아오면서 봉투를 열어보니

우리 부부의 여행을 후원하고 싶다는 내용과 함께,

터키에서 쓰고 남은 300리라와 100달러짜리 지폐가 들어 있었다.

당시 환율이 정확히 100달러에 220리라였다.

우리에게 준 돈을 터키 리라로 환산하면 총 520리라인 셈이다.

우리가 선생님 부부에게 드린 500리라와

30리라 짜리 전구가 고스란히 되돌아오는 기분이었다.

더 놀라운 사실은,

그 날 돌아오는 길에 모처럼만에 햄버거를 사 먹었는데,

중간에 작은 비닐 조각이 나와 직원에게 얘기했더니 10리라 환불.

베풀면, 신기하게 베푸는 만큼 돌아온다.

아무리 떠다 마셔도 마르지 않는 샘처럼.

#아무리퍼줘도그대로 #마르지않는샘   #파묵칼레 #터키

#025 된장 먹는 마케도니아 부부

마케도니아에서 만난 따뜻한 사람들

저 멀리서 오는 빨간 2층 시내버스가 예뻐서 사진기를 들었다.

순간 포착을 잘 하기 위해 액정화면을 보며 기다리는데,

달려오던 버스의 속도가 점점 느려지더니

화면에 맞게 멈추어 섰다.

'어? 여긴 정류소도 아닌데?'

얼른 사진을 찍고 이상해서 올려다봤더니,

기사 아저씨가 활짝 웃어주고 손을 흔들며 다시 떠난다.

어제는 숙소 주인 아주머니께서 수박 한 통을 가져오셨다.

너무 크다며 우리가 한 번에 다 먹지도 못할 만큼

큼지막하게 뚝 잘라주고 가셨다.

배려 #이게바로여유지 #정류소도아닌데　　　#사진찍을때멈춰준 #시내버스 #마케도니아

오늘은 또 포도를 한 꾸러미 가져가라신다.

나라는 작지만 사람들의 여유와 넉넉함이 느껴지는 이곳은
알렉산더의 고향 마케도니아.

우리가 지나가면 모두가 꼭 한번은 쳐다볼 만큼
동양인이라고는 찾아보기도 힘든 이곳.
여기에 도착한 첫 날 누가 "안녕하세요!"하며 인사를 건넨다.
깜짝 놀라 돌아봤다.

웬 현지인 아저씨가 웃으며 우리를 반갑게 맞이한다.
한국 축구팀 포항스틸러스와 FC서울에서
5년간 유소년 축구팀 코치로 있다가
얼마 전부터 돌아와 쉬고 있다는 그의 이름은 '졸레'.
처음엔 정체가 조금 의심스러웠으나,
그가 입은 추리닝 바지에 새겨진 FC서울 마크를 보면서
경계를 풀었다.

그의 휴대폰에는 홍명보 감독, 황선홍 감독,
기성용 선수 등과 함께 찍은 사진들도 있었다.

워낙 성격이 밝은데다 서로 죽이 맞아

짧은 시간 급속도로 친해졌고,

에너지 넘치는 그의 아내 '클라라'까지 합세하여

유쾌한 시간을 보냈다.

우리 숙소와 가까이 살아서 집에도 매일 초대됐다.

벽엔 하회탈이 걸려 있고,

부엌엔 한국에서 온 고추장, 된장, 참기름까지….

'낯선 땅에서 이런 광경을 볼 줄이야.'

함께 먹고, 함께 여행했다.

현지 가이드를 자청한 그들 덕에 시내 구석구석부터,

차량이 없으면 구경하기 힘든 지역까지 신나게 다녔다.

한 주 내내 거의 하루 종일 우리와 함께하며

식사, 음료, 디저트, 차량, 가이드까지….

말로 다 표현할 수 없을 만큼 모든 것을 아낌없이 베풀어주었다.

함께한 마지막 날.

내일 옆 나라로 휴가를 간다며 또 진수성찬을 차려주었다.

감동에 감동이다.

그날도 잘 먹고 한참 즐거운 시간을 보내다 작별인사를 하는데,

결국 클라라의 눈에서 눈물이 왈칵 쏟아졌다.

아내와 나는 클라라를 꼭 안아주었다.

많이 아쉬웠지만 다음엔 서울에서 보기로 약속하며 헤어졌다.

돌아서 생각해 보면,

이들이 한국을 이만큼 사랑하고,

한국 사람인 우리에게 이렇게까지 놀라운 친절을 베푼 것은,

그들 자체가 워낙 따뜻한 사람들이기도 하지만,

함께 지내며 나눈 이야기들로 미루어볼 때

한국에 있는 동안 주위에서 많은 사랑을 받았기 때문인 것 같다.

여행을 다니면, 지나간 선배들이 뿌려둔 사랑을

세계 곳곳에서 찾아먹는 것 같아 늘 감사하다.

그 선배들에게 부끄럽지 않게

더 많이 베풀고, 더 많이 사랑하며 살아가야겠다.

#026 중남미에서 현지어로 주문하는 동양인

과테말라에서 스페인어 과외 받기

대학생 때의 일이다.

학교 후문 분식집 앞에서 한 외국인 여학생이
떡볶이를 뚫어지게 바라보고 있다.
기웃기웃 주변을 맴돌며
다른 사람들이 어떻게 주문하는지 지켜본다.
드디어 주인 아주머니께 조심스럽게 다가가
손가락으로 떡볶이를 가리키며 말한다.

"Um…, How much…?"
지켜보기가 안타까워 나도 용기를 내어본다.
"Can I help…?"

내 말이 끝나기도 전에 분식집 아주머니는

외국인 학생을 보며 크게 외쳤다.

"뭐 줄까? 이거? 이천 원!"

재빠른 손놀림으로 떡볶이가 포장되며 순식간에 상황 종료.

중남미 지역은 대부분 스페인어를 사용한다.

영어가 잘 안 통한다고 하여

여행 전 몇 달간 스페인어를 열심히 공부했다.

하지만 한국에서 서쪽으로 여행이 진행되다 보니

중남미에 도착하기까지는 꽤 오랜 시간이 걸렸다.

심지어 스페인에서조차 영어가 나름 잘 통해서

스페인어는 사용할 일이 없었다.

여행 출발한 지 무려 일 년이 지나서야 멕시코에 도착했다.

드디어 열심히 공부한 스페인어 실력을 발휘할 시간.

"올라(안녕)!"

끝. 말문이 막혔다.

'올라' 이외에 아무런 기억이 없다. 답답하다.

그렇다고 생활에 치명적인 문제는 없었다.

떡볶이를 사먹던 외국인 학생처럼 손짓발짓으로 버텼다.

과테말라로 이동 후, 스페인어 학원에 등록했다.

아내와 함께 2대 1 과외를 받았다.

일주일간 밤낮으로 스페인어 회화만 공부했다.

다행히 공부했던 기억이 조금씩 되살아난다.

식당이나 숙소에 가면 바로바로 실전 연습을 했다.

과테말라의 시골 식당에서 스페인어로 메뉴를 주문하는 동양인.

누구나 좋아하고 어딜 가나 환영받는다.

많은 이야기를 하는 건 아니지만 손짓발짓 할 때와는

확실히 마음이 오가는 깊이가 다르다.

어느 나라를 가든 예의상

"안녕하세요.", "고맙습니다." 정도는 미리 연습해 둔다.

현지어로 인사만 해도 사람들은 훨씬 더 호의적이다.

여기에 언어를 조금만 더 배우면 마음의 깊이는 한층 더 깊어진다.

모든 인간관계가 그런 것 같다.

부부사이든, 부모자식이 되었든,

상대방의 언어를 조금만 공부하고 이해하려 노력한다면,

그 관계가 훨씬 더 깊고 풍성해지지 않을까?

#일단들이대 #오늘의연습상대는너   #과테말라 #안티구아 #맥도날드

#027 날것 그대로가 더 매력적이야

존스러운 빵맛에 빠져들다

과테말라의 한 호숫가 마을.

"파인애플 빵~!"

오늘도 어김없이 아주머니의 목소리로 하루가 시작된다.

매일 머리에 대야를 이고 다니며 빵을 파는 아주머니다.

하나에 1,000원 정도 하는

커다랗고 못생긴 파인애플 빵을 하나 샀다.

크게 한 입 베어본다.

입안에 파인애플 폭죽이 터지고,

엄청난 양의 파인애플이 우걱우걱 씹힌다.

과일보다 빵이 귀해서

그냥 과일로 공간을 다 채워버린 느낌이랄까?

빵을 처음 만들다가 실패한 듯한,

약간은 촌스러운 이 맛의 매력에 푹 빠져든다.

오후엔 길거리에서 과일주스를 한 잔 주문했다.

700원 정도 되는 이 주스를 한 잔 시키면,

파파야, 파인애플, 바나나, 라즈베리, 블랙베리 등

온갖 열대과일을 맨손으로 한 주먹씩 넣고 갈아준다.

어떠한 첨가물도 들어가지 않는다.

건강해지는 기분이다.

요즘은 찾아보기 드문 날것 그대로의 맛.

음식도 그렇고 사람도 그렇다.

때론 날것 그대로가 훨씬 더 매력적이다.

#고기사러왔어요 #있는모습그대로   #과테말라 #시골마을 #시장

#028 30년 만에 처음 듣는 부모님의 명령

이집트를 떠나게 된 이유

"(까똑!) 살아 있냐?"

"(까똑!) 괜찮은 거지? 확인하면 연락 줘!"

"(까똑!) 너흰 지금 어디야?" ……

카이로에 있은 지 5일째.

와이파이를 연결했는데 갑자기 메시지가 쏟아진다.

심지어 평소에 연락이 없던 친구들까지.

포털사이트를 열어봤더니

'이집트 테러'가 뉴스 속보로 도배되어 있다.

이집트 시나이반도 쪽에서 한국인 관광객들이 탄 버스에

폭탄 테러가 일어났다고 한다.

한국인 3명 포함 5명이 희생되었다.

이집트에 있는 모든 관광객은 이틀 안에 얼른 빠져 나오란다.

"당장 어디로 가지?"

유럽으로 올라가기엔 아직 좀 추운 날씨라

비교적 물가가 저렴한 이집트의 한 휴양지에서

한 달 가량 쉬어갈 예정이었다.

비행기랑 숙소까지 이미 다 예약된 상태다.

사실 테러가 발생한 시나이반도는

원래 위험한 지역으로 잘 알려진 반면,

우리가 다니는 지역은 사람이 많이 몰리는 유명 관광지라

비교적 안전할 것이다.

"그냥 계획대로 가자!"

솔직히 기대했던 한 달의 일정이다.

여행의 피로도 풀고, 스킨스쿠버도 배우고,

그간의 여행도 정리하고….

게다가 다음 여행 루트는 쉬면서 생각하기로 했기에

당장 갈 곳도 없었다.

그래도 우선 부모님께서 걱정하실 것 같아 얼른 연락을 드렸다.

빨리 나오라신다.

우리가 있는 지역은 안전하다고 말씀드렸다.

그래도 빨리 빠져 나오라신다.

"……."

학창 시절 '공부해라' 소리 한 번 안 하실 만큼

내가 선택하는 일에 한 번도 반대가 없으셨던 부모님.

'제시'는 하셔도 '명령'은 없으셨던 부모님.

오늘, 그 부모님으로부터 30여 년 만에 첫 '명령'이 떨어졌다.

"네."

이유를 묻지도, 더 이상 설명하지도 않았다.

모든 계획과 예약을 취소하고, 빠르게 비행기 표를 알아봤다.

그리고 내일, 이집트를 탈출해 요르단으로 날아간다.

머리로 다 이해할 수 없는 상황에서도 온몸으로 먼저 따르는 것,

하고 싶은 말이 많아도 꾹 참고 내 입을 닫는 것,

결정적인 한순간을 위해 오랜 시간에 걸쳐 준비되는 것,

그것이 바로 신뢰다.

우리 부모님도 오늘 이 한마디를 하시기 위해

30년간 입을 닫으셨겠지.

#차선도신호도없지만 #믿고그대로따르면돼 #단순하게   #카이로시내

#4 평안

영원히 머물고 싶은 곳

"이쪽으로 오세요~"

콜롬비아 보고타 공항에서 휠체어를 탄 직원이

더없이 밝은 얼굴로 친절하게 길을 안내해 준다.

"주문 도와드릴까요?"

일본의 별다방 카페에 갔는데 다운증후군 직원이

활짝 웃으며 주문을 받는다.

아주 짧은 시간이었지만 진심에서 우러나는 온기가 전해진다.

그 해맑은 얼굴들은 자신의 삶을 더 많이 감사하고 있는 것 같다.

그들의 가족들도 그렇지 않을까.

선진국의 의미를 되새겨본다.

장애가 있어도 마음이 불편하지 않고,

장애를 가진 사람들이 함께 있어도 전혀 어색하지 않은 곳.

겉모습보다 그 안에 숨겨진 깊은 아름다움을

볼 줄 아는 눈이 있었으면……．

#029 거기까지 고민했으면 못 떠났지

순간에 반응하며 오늘을 사는 연습

"어디로 가니?"

"언제 올 건데?"

"갔다 오면 뭐할 거야?"

세계 여행을 떠날 때 가장 많이 받은 질문들이다.

사실 그땐 아무것도 몰랐다.

처음 국가만 정하고

나머지는 발걸음 닿는 대로 다니다가 돌아올 생각이었다.

겨울에 출발하는 상황과 지역별 여행 최적기, 시차적응 등을 고려하여

방향을 서쪽으로 정한 것이 전부다.

"우선 서쪽으로 가요."

"돈 떨어지면 오지 않을까요?"

다소 성의 없어 보일 수도 있겠지만,

첫째, 둘째 질문에 대해서는 이 정도가

우리에게 가장 솔직하면서도 최선의 답변이다.

세 번째 질문의 답은 이거다.

"거기까지 고민하면 못 떠나요~"

사람들은 내일 일에 관심이 많다.

미래를 다 알 수 없다는 사실을 알면서도

끝없이 예측하고 철저히 계획한다.

결국 아무리 계획해도

계획대로 되지 않는다는 사실을 온몸으로 깨닫지만,

여전히 내일을 고민하기에 바쁘다.

여행은 '오늘을 사는 연습'이다.

그날그날 상황에 맞게 반응하는 연습을 시작했다.

사실 여행을 떠나는 순간 연습은 자연스레 시작된다.

불가리아의 아름다운 해변에서 바다를 바라보며

마음의 소리를 듣는다.

그리고 바로 반응한다.

"동네 너무 좋은데? 여기서 한 달만 살자."

즐기고 싶은 곳에선 마음껏 즐기고,

쉼을 누리고픈 곳에선 마음껏 쉬고.

그렇게 계획 없이 가는 것.

그것이 우리의 계획이다.

인생이 하나의 여행이라면,

삶을 살아가는 것도 계획 없이,

'순간'에 자연스럽게 반응하며

평생 그렇게 유연하게 살고 싶다.

#내일일은내일생각해 #계획없이사는계획   #불가리아 #써니비치

#030 하루하루 만나는 새로운 우리 집

지도와 감으로 숙소 찾아가기

처음 가보는 낯선 곳에 지도하나 달랑 들고
숙소를 찾기란 그리 쉬운 일이 아니다.

도로 정비가 잘 되어 있는 도시는 그나마 다행.
표지판조차 보기 힘든 곳도 있고,
공사로 인해 도로가 폐쇄되거나,
지도상의 길과 실제의 길이 다른 경우도 허다하다.

시내에서 눈에 확 띄는 큰 호텔이나
픽업 서비스를 해주는 고가의 숙소면 참 편하겠지만,
우리 같은 배낭여행자들에겐 사치일 뿐이다.
그래서인지 낯선 땅에서 어렵게 찾은 숙소를 만날 때면
반가움, 기쁨, 안도감, 감사 등 만감이 교차한다.

말레이시아 쿠알라룸푸르 공항 착륙.

숙소로 이동하기 위한 가장 저렴한 방법으로 직행버스를 탔다.

시내 중심인 KL센트럴 역으로 가서 지하철로 갈아탈 계획이다.

한 시간 정도 달리고 나니 저 멀리

말레이시아의 상징 '페트로나스트윈타워'가 보인다.

시내에 들어섰나 보다.

일단 버스는 제대로 탄 것 같다.

그런데 KL센트럴 역으로 가는 직행버스가

목적지가 아닌 도로 한쪽에 서더니 내릴 사람은 내리란다.

꽤 많은 사람들이 내리고 있었다.

여기가 어딘가 두리번두리번하는데, 순간 아내가 던진 한마디.

"아까 저 뒤에 우리가 예약해둔 숙소 이름을 본 것 같아."

'얼핏 본 게 맞으면 좋지만 틀리면?'

스스로에게 빠르게 질문하는 동안,

몸은 이미 움직이고 있었다.

"내리자! 틀리면 다시 찾지 뭐."

짧은 시간, 짧은 생각, 짧은 대화 끝에 급히 내렸다.

'아니면 어쩌지?'라는 불안감보다는,

오늘도 새로운 집을 찾아간다는 기대감으로.

버스 밑에 실어둔 가방을 꺼내 메고

얼핏 본 숙소 방향으로 신나게 걸었다.

10분쯤 걸었을까.

차와 사람이 한데 어우러지는 정신 없는 큰 도로를 지나고 나니

정말 아내가 봤다는 숙소 간판이 보였다.

"맞다! 앙카사!"

하이파이브를 하며 들어갔는데 우리 예약이 없다.

다시 찾아보니 우리가 예약한 숙소 이름은

'앙카사 익스프레스.'

"어쩐지……. 숙소가 가격 대비 너무 좋더라."

자, 이제부터 다시 시작!

와이파이만 터지면 훨씬 수월하게 길을 찾을 수 있으련만,

아쉬운 대로 지도 한 장 펴놓고 길을 찾았다.

도로명 간판이 잘 없어서

현재 우리의 위치를 파악하기조차 어려운 상황.

날은 뜨겁고, 가방은 점점 무겁게 느껴지고….

시간이 지날수록 기대감은 절실함으로 바뀐다.

우선 그늘로 피했다.

가방을 내려두고,

오프라인 지도 어플, 여행책자에 나온 지도, 주변 환경을

열심히 비교했다.

다행히 눈앞에 큰 사거리와 마트, 은행이 있어줘서

비교적 빨리 위치를 파악했다.

"지금 우리 생각보다 숙소랑 꽤 가까이 있는 것 같은데?"

라고 말하기가 무섭게,

"꺄~~~"

아내가 가리키는 손가락 방향을 따라 고개를 돌려보니,

불과 50m 정도 거리에 '앙카사 익스프레스' 간판이 보였다.

감격스럽다.

지나고 보면 별일 아닌데,

숙소를 만날 당시에는 항상 크고 작은 감동이 있다.

순간의 느낌과 판단을 좇아 버스에서 내린 작은 모험은,

단순히 차비와 시간을 아낀 것 이상의 큰 감동을 주었다.

하루하루 새로운 '우리 집'을 만나는 것.

장기 여행만의 특별한 매력이다.

매일 익숙한 내 집이 주는 안정감도 좋지만,

여행 중 만나는 우리 집은 뜻밖의 선물이다.

이 선물을 기쁨으로 함께 맞이할

사랑하는 사람이 있어 감사하고,

오늘도 발 뻗고 누울 '오늘의 우리 집'이 있음에 감사하다.

일상에서도 매일 자리에 누울 때마다

이렇게 감사하며 살아갈 수 있을까.

오늘 주어진 삶을 선물로 대하는 이 마음,

잘 간직해야겠다.

#하루하루발뻗을곳이있다면 #오늘의우리집   #페트로나스트윈타워 #말레이시아

#031 500원이 뭐길래

네팔에서의 풍성한 아침식사

어느 나라를 가든 며칠만 지내다 보면
현지 물가에 적응하게 된다.

노르웨이에서 삼만 원짜리 햄버거 세트를 보며
처음에는 손이 떨리다가도
시간이 지나면 그러려니 하고 먹는다.
하지만 인도에 가면, 칠천 원짜리 숙박비를
육천 원으로 깎기 위해 목숨 건다.

네팔 '포카라' 숙소 근처에서
아침식사를 즐기기 좋은 식당을 찾았다.
주로 외국인들이 이용하는 분위기 좋은 레스토랑인데,
음식이나 인테리어나 모든 것이 마음에 쏙 든다.

'Simple Breakfast'라는 기본 메뉴를 시키면

달걀 프라이 두 개, 감자조림, 약간의 야채,

빵, 버터, 잼 등이 나온다.

이렇게 한 접시 가득 나오는데 우리 돈으로 약 1,500원.

심지어 따뜻한 카페라떼가 한 잔 포함된 가격이다.

이마저도 현지에서는 약간 사치스런 아침식사일 수도 있겠으나,

우리 입장에서는 가격 대비 최고의 선택이다.

여기에 500원만 더 내면 'Heavy Breakfast' 선택이 가능하다.

시리얼이 하나 추가되는 차이다.

이왕이면 500원만 더 주고

든든하게 'Heavy Breakfast'를 선택하겠지만,

우린 이미 네팔 물가에 완전히 적응되어 있었다.

그 아침, 1,500원이냐 2,000원이냐를 두고 고민하던 우리는,

고민 끝에 결정한다.

"Simple Breakfast 두 개 주세요."

하지만 주문을 하고도 마음이 영 찜찜하다.

미국에 있다고 생각하면 둘이 합쳐 겨우 1달러 차인데….

"한 사람에 250달러 주고 갈 비행기 표 검색 잘해서

200달러에 끊었다고 생각하자. 그럼 이거 100번 먹겠다."

1달러에 너무 인색해지지 않기로 했다.

"저 죄송한데 여기 Heavy Breakfast 두 개로 바꿔주세요!"

우리의 선택은 옳았다.

사과, 오렌지, 바나나, 파인애플 등 온갖 과일이 듬뿍 담긴 요거트.

시리얼이란 이름으로 둔갑한 이 커다란 밥그릇은

시각적으로나 맛으로나 훌륭했다.

한국이었으면 500원이 아니라

5,000원을 주고 먹으라고 해도 저렴하다 할 정도.

1달러의 힘은 우리의 아침을

기대 이상으로 훨씬 더 풍성하게 했다.

가끔 사람들에게, 혹은 나 자신에게조차 인색해지는 경우가 있다.

나중에 보면 정말 아무것도 아닌데.

마음을 조금만 더 넉넉하게 쓰면,

삶은 훨씬 더 풍성하고 행복해진다.

#1500원실화냐

#500원에목숨걸래 #마음을넓히자　　　#네팔에서먹은 #아침식사

#032 다들 어디로 숨은 거야

이스라엘의 안식일

국경에서, 공항에서, 도로에서,

그 어느 곳보다 검문 검색이 철저한 나라.

숙박이든 음식이든 물건이든,

가격을 절대 깎아주지 않는 나라.

그렇다고 외국인이라 값을 올려 받거나

사기 치는 일도 없는 나라.

거의 텅 비어서 가는 유람선에도

예약 손님이 아니면 절대 받지 않는 나라.

모든 일에 흥정이란 없는, 참 딱딱하고 융통성 없는 이 나라.

보름 이상 머물며 느낀 이스라엘의 이미지다.

하지만, 이 엄격함과 철저함, 융통성 없음의 끝판왕은 바로

'안식일.'

금요일 낮이면 주말 동안 가족들과 먹을 빵을

잔뜩 사가는 사람들을 쉽게 볼 수 있다.

해가 진다.

이제부터 이스라엘은 모든 것이 멈춘다.

관공서나 회사, 가게는 기본, 심지어 대중교통까지.

토요일 거리에는 개미새끼 한 마리 찾기 힘들다.

'한 국가의 주말이 매주 이렇게 완전히 멈추는데

나라가 돌아갈까?'

하지만 이곳은 전 세계 정치, 경제, 사회, 문화를 이끌어간다는

유태인의 나라다.

눈으로만 봐도 충분히 여유로운 국가임은 분명하다.

'쉼'의 의미를 다시 배운다.

가족들과 시간을 보내며 온전히 쉬어가는…

'멈춤의 진수'랄까?

어쩌면 이것이 그들의 원동력일지도.

#쉬려면제대로쉬어 #그대로멈춰라   #안식일 #예루살렘거리 #이스라엘

#033 호화로운 노숙자

공항 노숙은 이렇게

콘센트가 있는 명당 자리 발견.

저렴한 항공권을 찾다 보니

이른 새벽 비행기를 타야할 때가 종종 있다.

전날 밤 공항에 도착해서 노숙을 하는 것도 이제 익숙하다.

살인적인 물가의 이스라엘에서

15,000원짜리 햄버거를 시켜 먹는 사람들 사이에 있지만,

이미 우린 더 호화로운 노숙의 준비를 마쳤다.

"이제 체크인까지 열 시간 남았다. 식사 준비!"

마트에서 사온 샐러드용 야채 봉투를 열고,

참치 캔과 삶은 달걀을 까서 넣는다.

일회용 마요네즈와 올리브유를 짜서 넣고 주무르면

영양 가득 샐러드 완성.

여기에 숙소에서 만들어온 볶음밥과

후식으로 먹을 빵까지 챙겨왔다.

그리고 우리의 삶을 늘 풍성하게 해주는

초소형 커피포트, 커피믹스, 종이컵이 만나

공항은 어느새 카페가 된다.

오늘도 우리는,

지금의 자리를 천국으로 만들어가는 법을 배운다.

공항 내 호텔
Hotel in Airport

★ ★ ★ ★ ★ 📍 아테네

예약 무료 취소   Top Value

#공항을호텔처럼 #공항노숙전문가   #아테네공항 #그리스

#034 발등에 6개의 점이 새겨지기까지

벙어리 슬리퍼를 벗었을 때

언젠가부터 거리를 걸으면

바닥 표면의 굴곡이 발바닥에 고스란히 전해진다.

추운 지역을 벗어난 후 닳아버린 트레킹화를 버리고,

이름만 들으면 누구나 다 아는

C사의 구멍 뽕뽕 뚫린 벙어리 슬리퍼로 갈아탔다.

그때부터 모든 순간 이 신발 하나로 해결했다.

하도 많이 걸어서 이젠 바닥이 얇아질 대로 얇아졌다.

결국, 신발바닥에 구멍이 났다.

절묘한 타이밍, 우연히 들른 아울렛 매장에

동일한 제품이 이월상품으로 잔뜩 쌓여 있다.

우리 돈 2만 원에 득템!

잠자는 시간 외엔 늘 내 발처럼 붙어 다니던 구멍난 친구는
매장 쓰레기통으로 보냈다.

햇살이 좋던 어느 날,
튀니지의 한 야외 카페에서 아름다운 지중해를 바라보며
벙어리 슬리퍼를 벗고 다리를 쭉 뻗었다.
여행의 흔적을 증명이라도 하듯, 하얀 발등 위로
슬리퍼에 난 구멍을 따라 6개의 점이 새겨있다.

씻을 때마저 화장실 슬리퍼처럼 사용했으니
그동안 신을 벗을 일이 잘 없었다.
발등에 새겨진 점 따윈 관심 받지 못했다.
점들이 이렇게 선명할 정도면 새겨진 지 꽤 오래된 것 같은데.

구멍 사이로 서서히 스며든 햇빛처럼,
내 삶을 비춰온 순간들이 모여
남들과 다른 나만의 어떤 점들이 만들어졌을 것이다.
그것이 좋은 점이든 나쁜 점이든,
나도 모르는 새 그렇게 서서히 스며들어
삶에 선명하게 새겨진다.

삶의 물리적인 환경부터 함께 살아가는 가족들,

마음을 터놓고 이야기 나누는 친구들,

지혜가 담긴 책들, 매일의 사소한 생각들마저

모두 내 마음을 비추는 햇빛과 같은 존재다.

따사로운 햇빛과,

바다가 보이는 카페의 편안한 분위기,

여유로운 재즈 음악,

향긋한 커피 한 잔이,

내 신을 벗게 한다.

벗지 않았으면 내게 이런 점들이 있는 줄도 몰랐을 텐데.

발등에 새겨진 점들을 바라보며,

내 안에 새겨진 삶의 점들을 새삼 돌아보게 된다.

난 어떤 점들을 가진 사람인가.

내 삶은 계속해서 어디에 노출시켜야 할까.

그리고 난 무엇을 비추며 살까.

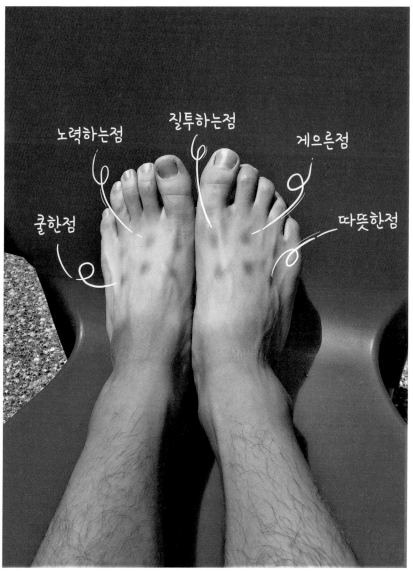

노력하는점

질투하는점

게으른점

쿨한점

따뜻한점

#관심갖고찾아보면 #내안에다양한점들이많아   #벙어리슬리퍼를벗고

#035 네 얼굴은 네가 책임져!

얼굴로 말하는 사람들

덴마크 코펜하겐의 한 작은 마을에 집을 빌렸다.

집을 찾아 걸어가는 길,

동양인이 흔치 않은 이곳에서

배낭을 멘 한국인 부부의 모습은 사람들에게 한눈에 띈다.

"헬로~ 웰컴!"

누가 봐도 여행자인 우리에게 던지는 시선은,

생각보다 많이 따뜻했다.

우리에게 그저 인사 한마디 건넸을 뿐인데,

그들의 따뜻한 눈빛과 표정은 이미 더 많은 것을 전해주고 있었다.

그 마음이 고스란히 느껴졌다.

'그래, 잘 왔어. 환영해. 여기서 충분히 좋은 시간을 누리다 가렴.'

눈빛만으로도 이렇게 말하고 있는 것 같았다.

특히 어르신들이 보여주는 그 특유의 여유로운 표정과 넉넉함은

그 자체로 감동하기에 충분하다.

집에 도착했다.

집주인은 주중에 다른 지역에 가서 일하고,

주말에만 이곳에 와서 지낸다.

주중에는 이 집을 빌려주고,

주말에는 반대로 일하는 지역에 있는 집을

여행자들에게 빌려준다고 한다.

작은 거실과 방 하나.

일상을 살다가 잠시 자리를 비운 느낌이랄까.

옷도 여기저기 걸려 있고, 책상 위에는 읽던 책들과 노트북,

몇몇 서류들이 그대로 놓여 있다.

그렇다고 난잡하지도 않고, 오히려 아늑하고 편안한 분위기다.

'어쩜 이렇게 있는 그대로의 일상을 다 보여줄까?'

도난에 대한 걱정도 전혀 없는 듯하다.

집만 봐도 왠지 모를 여유가 묻어난다.

뭔가 집주인의 자존감마저 드러나는 것 같다.

꾸밈없는 그 모습이 참 좋다.

그리고 그런 집을 사용하는 우리의 마음도 굉장히 편안했다.

덴마크는 세계에서 행복지수가 가장 높은 나라 중 하나로

항상 손에 꼽힌다.

삶의 모습을 보면 느껴진다.

그리고 사람들의 얼굴이 이를 증명해 준다.

미국의 16대 대통령 링컨은

"마흔이 넘으면 자신의 얼굴에 책임을 져야한다."고 했다.

자기 얼굴에 책임을 지며 사는 사람들이 있다.

그런 사람들의 얼굴에는 어떤 빛이 난다.

인상은 속일 수가 없다.

살면서 조금 지켜보니 안타깝게도 인상이 틀리는 경우가 잘 없다.

'내 얼굴도 잘 책임져보고 싶은데…….'

긍정정인 마음 갖기?

웃는 연습하기?

마음 넉넉히 쓰기?

한참을 고민 해봐도 하나같이 모호한 답들뿐이다.

그럼에도 행복한 고민이다.

#얼굴만봐도힘나 #니가웃으면나도좋아　　　#덴마크 #코펜하겐

이런 좋은 고민은 더 많은 사람들과 공유하고 싶다.

함께하는 사람들이 있다는 사실만으로 의미가 있다.

얼굴이 하루아침에 만들어지진 않겠지만,

자신의 얼굴을 책임지고자 하는 사람들이 많아질수록

우리의 행복지수도 조금씩 더 높아지지 않을까?

#036 꼭대기에 올라 평면 세상 바라보기

높은 곳에 오르면 느껴지는 감정들

에펠탑 전망대에 올라 파리 시내를 내려다본다.

체코 프라하 구시청사의 천문시계탑 꼭대기에서 바라본

구시가지의 매력에 빠진다.

등산열차를 타고 노르웨이 플뢰엔 산에 올라

항구도시 베르겐의 아름다움을 즐긴다.

"야경은 더 좋을 것 같은데? 이따 또 올라오자!"

헝가리 부다페스트 시내가 보이는 전망대에서 내려오며

밤에 다시 올라오기로 한다.

어느 도시를 도착하든 가능한 가장 높은 곳을 찾아 오른다.

산이든, 전망대든, 시내가 한눈에 들어오는 곳이면 어디라도 좋다.

대부분 입장료나 시설 이용료가 있지만,

조금만 더 오르시면
평면세상을 보실 수 있습니다.

#오르면보이는것들 #밑에서는왜못봤을까   #노르웨이 #베르겐

아무리 짠돌이 여행자라도

'입장료는 아끼지 않는다'는 나름의 원칙이 있다.

올라가 보면 그 돈이 전혀 아깝지가 않다.

높은 곳에서 바라볼 때만 느낄 수 있는

특별한 매력이 있기 때문이다.

전지적 작가 시점에서 집필된 책을 읽듯,

내가 돌아다니던 공간에서 완전히 벗어나

도시를 내려다보면 왠지 마음이 편안해진다.

분명 저 아래 공간 속에서는 정신없이 치열하게 살아왔는데,

높은 곳에서 바라본 세상은 참 고요하다.

높은 곳에 올라서 보면 모든 것이 아주 작다.

세상이 평면으로 보인다.

높고 낮음이 별 의미가 없다.

마치 내가 2차원 세상에서 살다가 온 것 같은 느낌이다.

조금 더 높아지겠다고 아등바등 살아가는 모습조차 무의미해진다.

바닥만 기는 개미가 보는 메뚜기는,

'번쩍'하고 순간 이동을 하는 기적적인 존재일 것이다.

2차원 평면에서 '높이'가 더해진 3차원 세상이 이 정도 신세계라면,
우리가 사는 3차원의 입체 공간에서
'시간'이 더해진 4차원 공간은 어떤 세상일까?

역사적으로 훌륭하다고 평가받는 작품이나 사람을 보면
'시대를 앞서 간다' 혹은 '저 사람은 차원이 다르다'고 표현한다.
그들은 마치 이 '시간'이라는 차원을 뛰어넘은 것 같은 느낌이다.

명확하게는 모르겠지만, 그런 사람들은 돈이나 명예보다
자신만의 분명한 삶의 목적을 따른 것 같다.
그리고 겸손하다.
다른 사람을 짓밟고 올라서기보다
꾸준히 자신의 리듬에 맞추어 묵묵히 그 길을 걸어간다.
타인에게 선한 영향력을 준다.
크게는 인류를 위한 삶을 산다.
물론 그것이 가장 자신을 위한 길이기도 할 것이다.

높은 곳에 올라 세상을 바라보듯,
요동치는 세상 속에서 잠잠히 내 시간을 걸어 나가는
용기와 지혜가 있었으면 좋겠다.

#037 어둠 속 진짜 아름다운 야경

파나마시티의 도시 야경

멕시코에서부터 육로를 따라 벨리즈, 과테말라, 엘살바도르,

온두라스, 니카라과, 코스타리카를 차례로 내려오며

중앙아메리카의 마지막 여행지인 파나마에 이르렀다.

'와… 도시다.'

멕시코 칸쿤 이후로 여기까지 오는 동안

높은 건물이라고는 한 번도 못 봤다.

비교적 자연 친화적(?)인 곳들만 지나와서인지

그런 환경이 더 익숙하다.

파나마시티에 도착하니 높은 아파트와 빌딩들이 줄지어 있다.

나는 도시를 처음 본 사람처럼

높은 건물들을 아래서 위로 올려다보며 감탄했다.

자연 친화도 좋지만

오랜만에 만나는 도시의 분위기는 새로운 반가움이다.

그래서 숙소도 굳이 고층 아파트에 사는 가족의 방 하나를 빌렸다.

창문으로 보이는 도시 풍경이 좋았다.

얼른 건물 옥상으로 먼저 올라갔다.

주위를 둘러보니

랜드마크가 될 만한 멋진 빌딩들이 한눈에 들어와

순간 이곳의 야경 또한 무척이나 기대된다.

해가 지기를 기다리던 우리 부부는

저녁을 먹고 바로 다시 옥상으로 올라갔다.

강남에서 보는 아름다운 야경을 상상하며….

"아니 이게 뭐야. 아무것도 없네?"

우리가 본 광경은 너무나 실망스러웠다.

밤이 되어 어둠이 짙은데, 건물들 역시 캄캄하다.

불 켜진 곳이 거의 없다. 그야말로 죽은 야경이다.

하지만 잠시 후, 그 실망은 어떤 이해와 깨달음으로 변하고 있었다.

'그래. 어찌 보면 지금 이 모습이 정상이지.'

사실 강남의 화려한 야경 뒤에는
항상 늦은 시간까지 야근하는 사람들이 있다.
물 위에 우아하게 떠 있는 백조가
물속에서는 정신없이 발을 구르듯.
무엇이든 겉으로 보이는 아름다움만으로 판단할 일이 아니다.

기대했던 야경의 모습은 아니었지만
불 꺼진 건물들이 만들어내는 어두운 야경은
'저녁이 있는 삶'의 아름다움을 보여주기에 충분했다.

눈에 보이는 화려함보다
내면이 더 아름다운 삶을 살아가고 싶다.

#밤엔전기를아끼자 #네몸도좀아끼고   #파나마시티 #낮과밤

#038 영원히 머물고 싶은 순간

자연과 함께하는 갈라파고스에서

오늘도 바다에 나가 수영을 한다.

갑자기 들이닥친 파도에 휩쓸려 뭔가 묵직한 것에

온몸이 '쿵'하고 부딪힌다.

머리를 들고 앞을 보니 바다사자.

순간 서로 놀라 정신을 못 차리고 다시 파도에 뒤집어진다.

여긴 널린 게 바다사자, 펠리컨, 이구아나, 거북, 펭귄이다.

바닷가 야외 테이블에서 생선 요리를 주문한다.

갓 잡아낸 팔뚝만한 물고기를 손질해

그 자리서 통째로 튀겨주고, 제거한 지느러미, 내장 등은

몰려든 바다사자와 펠리컨에게 나눠준다.

말 그대로 자연과 함께 사는 세상.

여기는 갈라파고스다.

가끔은 '지금 이 자리'에 영원히 머물고 싶은 순간이 있다.

이곳에서의 삶이 그렇다.

먹고 살아갈 정도의 간단한 일자리와 비자만 있으면

평생 눌러 앉고 싶다.

정말 매력적이다.

매일 그냥 이렇게 걱정 없이 살면 좋겠다.

그러나 삶이 어찌 아무런 고통 없이 매순간 행복할 수 있을까.

전원 생활을 꿈꾸며 시골로 내려갔다가

꿈꾸던 그림과 달라 고생한다는 이야기도 심심치 않게 듣는다.

여기도 막상 살아보면 나름의 고충이 있겠지.

온탕에 들어가면 처음엔 피로가 풀어지다가도

너무 오래 있으면 지치듯,

어느 상황에서든 벗어나야 할 적절한 때가 있다.

여행의 자리도,

만남의 자리도,

일상의 자리도,

영원히 머물고 싶은 자리에서 빠져나올 때

그 자리가 가장 아름다운 기억으로 남는다.

또 그래야 나아갈 새로운 방향이 생긴다.

#몰라안들려 #여기가좋은데   #갈라파고스 #에콰도르

#5 도전

틀에 갇힌 마음을 열어주는 곳

스페인 마드리드에서 제일 큰 공원에 가는 길.

"그 흔한 슈퍼 하나가 없네?"

날은 뜨겁고 목은 마르다.

이제 겨우 공원 입구에 도착했는데 이미 둘 다 지쳤다.

'어떻게든 가게 먼저 찾아 물을 구해올까?'

하지만 발걸음을 돌릴 엄두도 안 난다.

우선 공원에 들어가 쉬기로 했다.

안으로 들어서니,

신제품 홍보라며 들어오는 사람들에게 500㎖ 페트병에 든

시원한 레모네이드를 하나씩 나눠주고 있다.

신기루인 줄.

하루하루의 계획조차 계획대로 안 되는 것이 여행이지만,

계획에 없는 뜻밖의 행복을 만나는 것도 여행이다.

#039 땡땡이 치고 놀러간 하루처럼

멈춤에 투자하기

"야, 나도 네 나이면 세계 여행 가겠다."
여행을 떠나기 전 참 많이 들었던 말이다.

나는 멈추는 것이 두려운 시대에,
멈추는 것이 유독 어려운 나라에 살고 있다.
빠르게 변화하는 세상 속에서,
모두가 무언가를 향해 열심히 달려가는 상황 속에서,
'멈춘다'는 것은 무엇을 의미할까?
듣기엔 아름다운 말이지만,
실제로 이 '멈춤'을 실천하기란 쉽지가 않다.

그럼에도 불구하고 멈추어야만 볼 수 있는
특별한 아름다움이 있다.

멈추어야만 느낄 수 있는 특별한 순간이 있다.

멈추어야만 방향을 바로잡을 수 있다.

충분한 시간 동안 마음을 비우고 온전히 멈추면,

'멈춤'이 다음 가야 할 길을 알려준다.

멈춤의 가장 좋은 도구 중 하나는 여행이다.

이왕이면 더 멀리, 이왕이면 더 오래 떠나는 여행.

재밌는 말이지만 장기 여행에서는 여행 중에도 여행을 가서 쉰다.

매일 빵 굽는 냄새가 진동하는 터키 이스탄불의 한 동네에서,

망아지가 풀을 뜯는 그리스 산토리니의 작은 마을에서,

여유롭게 노를 저으며 배를 타는 과테말라의 한 호숫가에서,

여행 중 여행의 멈춤을 실천한다.

누군가에게는 가장 역동적으로 보일 법한 여행이

멈춤의 도구라는 말이 아이러니하게 느껴질 수도 있겠으나,

떠나본 사람은 안다.

떠나면 멈추어진다는 사실을.

#노를멈추면 #흐름이보여   #과테말라 #산페드로

세계 어디서든 인터넷으로 모든 걸 할 것 같은 시대지만,

떠나고 나면 그곳에서 내가 할 수 있는 일이 별로 없음을 깨닫는다.

먼 미래를 바라보며 걱정하기보다,

현장에서 주어진 하루하루를 충실하게 즐기는 것이 더 중요하다.

지금 여기를 떠나면, 내가 빠지면 큰일 날 것 같지만,

나 없이도 이곳은 섭섭할 만큼 잘 돌아가니 걱정 안 해도 된다.

고기도 먹어본 사람이 잘 먹는다고

여행도 가본 사람이 계속 간다.

그러다 보면 여행이 삶이 되고, 삶이 여행이 된다.

삶 속에서 작은 여행부터 실천했으면 좋겠다.

시간을 떼어 좋은 책 한 권씩 읽어보기를 추천한다.

독서는 시간적으로나, 경제적으로나, 체력적으로나

가장 적은 비용을 들여서 할 수 있는 여행이다.

그게 싫으면 단 이틀만이라도 휴대폰을 끄고

다른 할 일을 찾아보는 것도 좋은 방법이다.

요즘 같은 시대엔 휴대폰을 끄는 것만으로도

충분한 여행이 될 테니까.

그렇게 따로 떼어낸 시간의 한 조각 한 조각은
삶의 특별한 기억으로 남는다.
학교를 성실히 다닌 매일보다는,
가슴 졸이며 땡땡이치고 놀러간 하루가 더 기억에 남는 것처럼.

성실하게 살지 말라는 얘기가 아니다.

**성실함 속에서 '쉼'이라는 소중한 가치에도
더욱 성실했으면 하는 바람이다.**

이 멈춤의 시간이 당장은 손해처럼 보일지 몰라도,
삶의 방향을 잡아가는 시간이라 생각하면
충분히 투자할만한 가치가 있지 않을까?

잠시 멈추어 가자.

#040 하늘이 무너져도 솟아날 창문은 있다

잃어버린 아내를 찾아

한 주 동안 히말라야 트레킹을 마치고 내려와

기존에 머물던 마을 숙소로 돌아왔다.

흙탕물, 눈, 비 등으로 옷이 엉망이다.

속옷 한 벌 남기고 전부 화장실에서 손빨래를 했다.

그나마 여벌옷이 하나 있던 아내가 옥상에 나가 빨래를 널었다.

산에 다녀오느라 지친데다 빨래까지 하고나니

밖에 나가기가 싫다.

밥 먹으러 나가기조차 귀찮아서 가지고 있던 간식으로 버텼는데,

밤이 되니 이젠 배고픔을 참을 수가 없다.

"이 동네는 익숙하니까 혼자서도 괜찮겠지?"

안전상 한 번도 그래본 적 없지만,

처음으로 밤에 아내 혼자 나가서 먹을 걸 사오기로 했다.

내가 당장 입을 옷이 없으니 먹으려면 딱히 다른 방법도 없다.

아내가 문을 닫고 나갔다.

이 숙소의 한 가지 특이한 점은 안에서든 밖에서든

방문을 열쇠로만 열고 잠글 수 있다는 것이다.

하나밖에 없는 열쇠로 아내가 문을 닫고 나가면

안에서는 열 수 없는 구조다.

30분이 지났다.

'이제 슬슬 돌아올 때가 됐는데…'

가까운 거리에 음식점들이 많이 있었기 때문에

이것저것 고르고 포장하는 시간을 감안해도 충분한 시간이다.

심지어 둘 다 배가 너무 고파서

뭐든 최대한 빨리 구해오기로 했으니 더더욱 그랬다.

살짝 초조해진다.

40분이 지났다.

'아내의 결정 장애를 고려하더라도 뭔가 문제가 있다.'

45분, 이제 어떻게든 나가야겠다.

'문을 두드리며 소리를 쳐볼까?'

방법을 찾아야 했다.

둘러보니 화장실 한쪽에 사람 한 명 겨우 빠져나갈 만한

작은 창문이 보인다.

삐걱대는 작은 의자를 밟고 올라가 창문에 몸을 구겨 넣었다.

밖으로 떨어질 때 약간의 충격은 있었지만,

일단 나왔다는 사실이 중요하다.

야밤에 팬티 한 장 걸치고

화장실 작은 창문에서 뛰쳐나오는 한 남자.

누가 봤으면 미친 사람이거나 도둑이라 생각했을지도 모른다.

하지만 지금은 누군가의 시선이 중요할 때가 아니다.

그 순간만큼은 추위조차 문제되지 않았다.

우선 옥상으로 달려가 널어둔 옷들을 빠르게 스캔했다.

두꺼운 옷들은 아직도 물이 뚝뚝 떨어질 정도라

입을 엄두가 안 난다.

그나마 얇은 아내의 젖은 레깅스 하나를 집어

다리를 쑤셔 넣었다.

그 옆에 역시나 젖어 있는 점퍼를 맨몸에 걸치며
계단 아래로 또다시 달리기 시작했다.

그나마 메인도로가 한 줄로 길고
양옆으로 가게들이 늘어선 지역이라
아내를 찾는 일이 크게 어렵진 않을 것 같았다.
길을 따라 수 킬로미터를 쉼없이 뛰었다.
온갖 상상을 다하며 갈만한 가게들은 전부 다 샅샅이 살폈지만,
아내는 보이지 않았다.

'망했다……'
아내가 숙소에서 나간 지 한 시간이 넘어가고 있다.
마음을 졸이며 허탈한 심정으로 돌아오는데,
저 멀리 아내가 뛰어오는 나를 보며 활짝 웃고 있다.

내 상황은 전혀 모르고,
쫄쫄이에 점퍼하나 걸치고 뛰어다니는
내 모습이 그저 재미있다는 듯 껄껄대고 있다.

긴장이 풀리고 동시에 다리도 풀려 휘청했다.

순간 화도 나고, 안도의 마음도 들고, 만감이 교차했지만

그렇게 해맑게 웃고 있는 아내 앞에서 같이 웃을 수밖에 없었다.

아내의 상황.

처음으로 혼자 식사를 구하러 간다는 생각에

설레는 맘으로 신나게 식당을 찾아 나섰다.

늘 가던 몇 군데 식당이 있었으나

마감 시간이 거의 다 되어 주문을 받지 않는단다.

그래서 우리가 잘 가지 않던 반대쪽 길을 택하여 걸었고,

다행히 늦게까지 주문을 받는 식당 하나를 발견했다.

하지만 역시나 문제는 결정 장애.

심지어 주문까지 밀려 대기 시간 또한 길어졌다.

아내는 시간의 흐름에 매우 둔감한 사람이다.

한참을 돌아다니고, 한참을 고민하고, 또 한참을 기다려서

음식을 구했다.

하지만 지나간 시간을 생각하기보다,

목적을 달성했다는 사실에 뿌듯한 마음으로 돌아오는 길이다.

'저 커다란 점퍼에 쫄쫄이는 뭐지?'

멀리서부터 이상한 패션에 정신없이 뛰어다니는 사람이
하도 우스워서 자세히 봤더니 다름 아닌 남편. 껄껄.

한 사람은 누구보다 마음 졸이는 한 시간을 보냈고,
다른 한 사람은 아무것도 모른 채
누구보다 평온한 한 시간을 보냈다.
여행하면서 늘 같이 보고, 같이 먹고, 모든 순간을 함께했는데
같은 시간을 이렇게 다르게 보내기는 처음이다.

체면치레하느라 바쁜 세상에 살았다.
하지만 진짜 중요한 일에 꽂히면
다른 사람의 시선이나 체면 따윈 눈에 들어오지 않는다.
그리고 빠져나갈 길이 보인다.

비록 이번 출동은 허탕이었지만, 이 사건으로 인해
삶의 초점을 어디에 맞추며 살아가야할지 생각해보게 된다.
삶에서 '진짜 소중한 것'이 무엇인지를 찾아가는 것이
앞으로의 숙제가 될 것 같다.
체면치레로 바쁜 인생보다는 삶이 훨씬 보람되고 풍요롭지 않을까?

내 시선이 겨우 나에게만 머물러 있지 않았으면 좋겠다.

아내를 찾으려는 목적이 분명하면

화장실의 그 작은 창문도 눈에 들어오듯,

더 가치 있는 삶에 목적을 두고 세상을 바라보면

내가 걸어가야 할 좁은 길도 찾을 수 있겠지.

#바늘귀통과하는낙타 #너도할수있어   #페와호수 #네팔

#041 패러글라이딩은 마이클 조던처럼

패러글라이딩의 법칙

'스위스 인터라켄', '터키 페티예'와 함께

세계 3대 패러글라이딩 명소로 꼽히는 '네팔 포카라'.

이곳에서 아내와 함께 패러글라이딩에 도전했다.

우리 돈 약 팔 만 원 정도니

현지 물가에 비하면 굉장히 큰 돈이지만,

지금 할 수 있는 일은 지금 해야 후회가 없다.

시내에서 30분 정도 차를 타고,

해발고도 1,600m의 '사랑코트(Sarangkot)'란 곳으로 올라간다.

장비를 점검하고, 기본적인 안전수칙과

이륙하는 법에 대한 설명을 듣는다.

앞서 타는 사람들을 지켜보는데

의외로 이륙에 실패하는 경우가 많다.

가장 중요한 것은 이륙 타이밍.

이륙의 핵심은, 내리막을 향해 힘껏 달려 나가되

미리 점프하려 하지 말고, 주저앉지도 말고,

발밑에 땅이 없어질 때까지

자연스럽게 계속 그대로 하늘을 달려 나가는 것이다.

마치 NBA의 전설 '마이클 조던'처럼.

뒤에 전문 파일럿이 함께 타지만

이륙할 때만큼은 내가 걸어야 한다.

바람의 저항을 온몸으로 버티며 끝까지 밀고 나가야 한다.

몸이 떠오를 때까지만.

그 후로는 파일럿을 믿고 바람에 몸을 맡기면 된다.

'인생은 타이밍'이라고들 한다.

인생 또한 날아오르려면 나 혼자 미리 점프해서도 안 되고,

주저앉아도 안 된다.

끝까지 떠오르기를 기다리며 묵묵히 걸어가야 한다.

그 저항을 이겨내고 날아오르면 그 뒤에는 늘 돕는 손길이 있다.

\#주저앉지마 \#곧떠오를거야

\#포카라 \#패러글라이딩 \#네팔

그때부터는 흐름에 몸을 맡기고 삶을 즐기면 된다.

중학교 시절, '차렷' 자세로 몸을 꼿꼿이 세우고 그대로 누우면

친구들이 받아주는 놀이가 유행했다.

지금 생각해 보면 꽤나 위험하지만,

믿을 만한 친구들이 있다면

짜릿함을 느끼기에

이만한 놀이도 없다.

처음엔 대부분 뒤로 눕다가 겁이 나서 다리를 구부리기도 하고,

심지어 그냥 주저앉기도 한다.

항상 처음이 어렵다.

하지만 온전히 믿고 몸을 맡길 때

누군가 나를 받아주는 경험을 하고 나면,

그 뒤부터는 눕기가 쉬워진다.

내리막을 향해 달려 나가는 것도 이와 마찬가지다.

눈앞에 절벽이 보여도 계속 가야 한다.

뒤에서 함께하는 파일럿을 믿고 끝까지 달려 나갈 때

나에게 날개가 있다는 사실을 온몸으로 깨닫는다.

살다 보면 바람의 저항을 이겨내고 달려가듯

반드시 내가 노력해야 할 일이 있다.

그러나 어떤 때는 누군가에게 온전히 믿고 맡겨야 할 때도 있다.

삶을 혼자 걸어가는 것 같지만 늘 함께 가는 이들이 있다.

순간순간 나를 날게 하는 손길이 있다.

그렇게 쌓여가는 믿음은 나의 '자존감'이 되고,

나 혼자 살아갈 수 없음을 시인하는 '겸손함'이 된다.

노력과 믿음.

이 둘의 조화가 한 사람의 인격을 만든다.

#042 하루에 5만 보 찍기

네팔 수도에서 국경 마을까지 이동하기

네팔에서 인도로 넘어가기 위해 네팔의 수도 '카트만두'에서

국경도시 '바이라하와'로 가는 버스에 몸을 실었다.

어제 포카라에서 카트만두로 오느라 버스를 8시간이나 탔는데,

카트만두에서 바이라하와까지 또 8시간이란다.

'포장도 제대로 안 된 네팔의 구불구불한 도로를 다시 8시간이나?'

게다가 우리가 타야 할 버스 상태를 보니 쉽게 엄두가 안 난다.

하지만 딱히 다른 방법도 없다.

한 사람당 500루피(약 5,000원)를 주고 결국 버스에 올라탔다.

쓰러질 것 같은 낡은 미니버스에 몸을 싣고,

포장되지 않은 거친 도로 바닥의 울퉁불퉁함을

발바닥으로 고스란히 느끼며 달렸다.

앞뒤 간격이 하도 좁아

다리를 바짝 접어야 겨우 앉을 수 있는 의자에,

버스는 하도 심하게 삐걱거려서

금방이라도 분해될 것 같다.

그나마 사람이 많지 않은 것 하나는 다행이다.

'근데 버스가 왠지 같은 동네를 빙빙 도는 느낌이다?'

GPS를 켜고 확인해 보니 실제로 그랬다.

계속 돌고 돌며 사람을 태우고 있다.

다 찰 때까지.

눈물 난다.

버스 출입문이 열린 상태로

직원 하나가 문에 매달려 계속 사람을 잡아 태운다.

그렇게 두 시간이 걸렸다.

나중에 탄 사람들은 모두 서서 갈 정도로

사람이 가득 찬 후에야 버스는 출발했다.

이후에도 사람들은 계속해서 타고 내리고를 반복했고,

그 덕에 여덟 시간 걸린다던 예정 시간은

이미 열 시간을 훌쩍 넘어서고 있다.

우린 배낭을 안은 채

열 시간 넘게 버스에 쪼그리고 앉아 있어야 했다.

누구하나 불평하는 사람 없으니 우리도 그럴 수밖에.

정말 힘겹게 바이라하와에 도착했다.

신기하게도 아침에 0에서 시작한 만보기의 숫자가

무려 5만 보를 넘기고 있다.

'하루 종일 버스만 타고 앉아 있었는데 웬 5만 보?'

상상 그대로다.

네팔의 비포장도로가 만든 놀라운 결과다.

그리고 이 날 버스에서 내릴 때,

우리의 몸 상태는 실제로 5만 보 이상을 걸은 사람처럼

녹초가 되어 있었다.

다시 이 길을 가라고 하면 절대 못갈 것 같다.

하지만 이 길을 갔기에 새로운 세계를 경험했고,

그들의 문화를 온몸으로 배울 수 있었다.

세상엔 모르고 가는 길이 있다.
몰라서 갈 수 있는 길이 있다.

몰라서 갔다가 보게 되는 잊지 못할 장면이 있다.
몰라서 경험하는 특별한 순간이 있다.
알면 못 간다.
몰라서 갔던 힘겨운 길이 이제는 잊지 못할 추억이다.

우리는 자신의 미래에 대해 참 많이 궁금해 하고,
조금이라도 알기 위해 뭐라도 열심히 찾아본다.
불안해서 찾아보는데 검색할수록 걱정만 는다.
많은 정보가 오히려 내 삶의 한계를 제한한다.

이래서 어른들이 '모르는 게 약'이라 했나 보다.

#그냥가 #알면못가   #히말라야 #트레킹 #네팔

#043 물도 길이 막히면 돌아간다

비행기 대신 버스를 타게 된 이유

오류에 오류 반복.

네팔 카트만두에서
인도 델리로 향하는 비행기 티켓을 예약하려는데
이상하리만큼 결제가 안 된다.
상상을 초월할 만큼 느린 인터넷으로
결제를 위한 보안 프로그램까지 깔고 있으니
몇 시간이 금방 지나간다.

한국에서는 자동 설치로 워낙 순식간에 지나가서
무슨 프로그램이 깔리는지도 모르고 넘어가는데,
여기서는 하나하나 수동 설치를 하며
한참 만에 1%씩 차오르는 바(bar)를 지켜봐야 했다.

그렇게 힘겹게 모든 준비를 마쳤는데도

자꾸 마지막 순간에 오류가 난다.

"밥부터 먹자!"

밖으로 나와 식당으로 향했다.

간판을 잘못 봐서 엉뚱한 골목으로 들어갔다. 그것도 한참.

그렇게 잘못 들었던 길을 거의 빠져나올 때쯤

어제 길에서 우연히 만난 한국인 사진작가 분을 다시 만났다.

잠깐 자리에 서서 몇 마디 나누다가 이야기가 잘 통해서

식사까지 같이 하기로 했다.

식사를 하며 대화가 오가던 중

우리의 다음 여행지가 인도라 하니까

본인은 인도를 여행하고 오는 길이라며

'바라나시'라는 곳을 소개한다.

'생각지도 않은 곳인데……'

인도 전역을 샅샅이 여행한 사진작가가

'갠지스 강'이 흐르는 3,000년 된 그 도시의 풍경이

인도의 매력을 가장 잘 보여줄 수 있을 것 같다고 한다.

아무것도 모르는 그 도시에 대한 왠지 모를 기대감이 생긴다.

'길이 막힌 이유가 있었나?'
우리의 다음 여행지는 항로를 통한 '델리'가 아닌,
육로를 통한 '바라나시'로 결정!

세상에 우연은 없다고 믿는다.
티켓이 계속해서 결제되지 않은 것도,
우리가 식당가는 길을 잘못 든 것도.

우리는 물 흐르듯이 간다.
우리 삶의 흐름대로, 리듬을 타며.

자연스레 흐르지 않으면 잠시 멈춰도 좋다.

잘 흐르는 물을 막아도,
흐르지 않는 물을 억지로 흘려보내도,
흐름대로 가지 않으면 항상 탈이 나더라.

#난내흐름대로갈래 #좀돌아가면어때   #인도 #바라나시 #갠지스강

#044 매주 해외 여행을 다녀온다고?

해외로 주말 여행을 떠나는 부부

프랑스에서 카메룬으로 넘어가기 위한 비자를 받으려는데

시간이 생각보다 오래 걸린다.

내친 김에 약 3주간 파리에 머물며 쉬기로 했다.

젊은 부부가 사는 집의 방 하나를 빌렸다.

집 구조는 작은 거실 겸 부엌, 화장실 하나, 방 두 개.

파리도 워낙 집값이 비싼 곳이라

부부는 늘 여행객들에게 방 하나를 내주며 월세를 보탰고,

덕분에 우리도 집을 공동으로 쓰는 만큼

저렴한 가격에 그곳에 머물렀다.

집을 공유하며 산다는 것은 그만큼 마음이 열려 있다는 뜻이다.

그래서인지 실제로 이들과 3주간 같이 지내봐도

전혀 불편함이 없었다.

부부는 매일 아침 일찍 출근을 하고, 우리는 여행을 한다.

서로의 삶을 크게 터치하지 않으면서도

늘 밝은 얼굴로 서로의 안부를 묻고,

시간이 맞을 때면 함께 식사도 한다.

나는 집에 대한 소유욕이 상당히 강한 나라에 살고 있다.

아무리 '공유 시대'라 해도 우리나라 정서에

내 집을 공유하기까지는 시간이 좀 걸릴 것 같다.

행복을 위한 정답인 양

다들 내 집 소유를 목표로 달려가기 바쁘다.

한 라디오 프로에 소개된 사연이다.

"내 집 마련을 위해 악착같이 모으고 모아서

드디어 오늘 대출금 다 갚았어요.

지난 8년간 쓰고 싶은 거 안 쓰고, 먹고 싶은 거 참고,

주위에서 짠돌이라 하는 거 다 감수하면서 버텨냈어요.

축하해 주세요."

각자 가치를 두는 곳이 다르니 뭐라 할 말은 없지만,

한 가지 의문은 남는다.

'이젠 마음이 넉넉할까?'

지난 8년간 몸에 밴 인색함이

대출금을 갚았다고 넉넉해지긴 쉽지 않다.

그날의 행복을 누리는 것도, 베푸는 것도 습관이다.

소유에 집착할수록

하루하루 누릴 행복을 잃어버릴 뿐 아니라,

앞으로의 행복을 누리는 방법도 함께 잃어버린다.

결혼하자마자 떠나 계속 떠돌이 생활을 해서 그런지

아직은 집을 소유하는 것에 큰 미련이 없다.

'오늘의 내 집'은 수시로 바뀐다.

모든 사물이 그렇지 않을까.

필요할 때 빌렸다가 때가 되면 돌려주겠지.

사람들과 영혼 없는 집값 이야기를 나누는 일도 이젠 지친다.

참 소모적이다.

이제는 '집' 이야기가 아닌,

마음이 오가는 진실한 '삶'의 이야기를 듣고 싶다.

금요일이다.

부부는 오늘도 헬멧을 쓴다.

주말만 되면 둘은 퇴근 후 각자의 오토바이를 타고

함께 어디론가 떠난다.

일요일 저녁에나 돌아오는 그들에게 어디 다녀왔냐고 물어보면,

"네덜란드의 한 마을에 다녀왔어."

"이번 주엔 벨기에서 놀다왔어."

이런 식이다.

'주말 여행을 오토바이 타고 해외로?'

충격이다.

마치 서울 사람이

"이번 주말엔 강원도 다녀왔어." 하는 느낌이랄까.

'그들에게 국경은 어떤 의미일까?'

여행하며 만난 세계 여행자들을 보면

주로 독일, 프랑스 등 유럽인들이 많다.

물론 경제적으로도 잘 사는 국가임엔 틀림없지만,

꼭 그 이유만은 아닌 것 같다.

나라가 오밀조밀 붙어 있어서 그런지 그들에게 국경의 개념은

그저 그려둔 '선'에 불과해 보인다.

우리나라는 흔히 '삼면이 바다로 둘러싸여 있다'고 한다.

하지만 위로 올라가는 유일한 육로가 막혀 있으니

어떤 면에서는 섬나라 같다.

웬만해선 비행기를 타야만 국경을 벗어날 수 있다.

해외 나가는 일이 흔해졌음에도 불구하고,

여전히 처음 국경을 넘는 벽은 꽤나 높아 보인다.

사람들이 통일의 필요성을 여러 가지로 이야기하지만,

파리에서 3주간 함께했던 부부의 삶을 보며,

유럽인 세계 여행자들을 보며,

세상을 향해 뻗어나갈 육로가 열리기 위해서라도

그날이 빨리 앞당겨졌으면 좋겠단 생각이 밀려온다.

그날이 오면,

국경을 넘는 두려움의 벽도,

내 안에 갇힌 생각의 틀도,

스스로 세워둔 마음의 한계도,

서서히 허물어지지 않을까.

#내안의틀도 #하나씩풀어보자   #프랑스 #파리 #센강

#045 여행이 익숙해지면 여행을 마쳐야지

익숙함과 설렘 사이

여행 떠난 지 1년.

발길 닿는 대로, 그때그때 마음의 소리를 따라 움직였다.
삶의 익숙함을 벗어나 떠난 여행이지만,
막상 여행을 하다 보면 아이러니하게도
다시 익숙함에 머물고 싶은 마음이 든다.

어느 지역을 가든 처음엔 낯설고 가끔은 당황스럽지만,
며칠 지내다보면 어느새 익숙해진다.
한 지역이 익숙해지면, 그 익숙함이 주는 안정감은
새로운 곳을 찾아 떠나는 설렘의 만족감 못지 않게 크다.

한 지역이 익숙해질 때쯤 새로운 곳으로 떠났다.

유럽은 나라가 따닥따닥 붙어 있고 분위기도 비슷해서

모든 것이 금방 익숙해질 줄 알았다.

예상과 달리 가는 곳마다 각 나라가 주는 독특한 매력이 있고,

그 매력에 하나하나 빠지다 보니

유럽에서만 벌써 6개월이 넘는 시간을 보내는 중이다.

이제야 유럽이란 동네가 꽤나 익숙해진 듯하다.

다음 예정지는 동아프리카.

아프리카 행 비행 편이 많은 로마에 잠시 머물며

우리가 탈 항공 편을 결정했다.

하지만 결제하기 직전 멈추고,

세계지도를 펴서 중남미로 시선을 돌렸다.

당시 아프리카에 전염병 확산도 있고,

나라별 여행 최적기를 맞추려는 이유도 있었으나,

그보다는 늘 그랬듯 마음의 소리를 따르기로 했다.

"플로리다까지 20만 원?"

미국으로 가는 말도 안 되는 항공편이 나왔다.

그래도 나름 대서양을 건너는 장거리 비행인데

이렇게 저렴할 수가.

플로리다에는 중남미 여기저기로 내려갈 수 있는 노선이 많다.

그럼, 다음 여행지는 우선 미국에 가서 결정하기로.

그렇게 도착한 미국, 참 오랜만이다.

반갑기도 하고, 낯설기도 하다.

'여기도 며칠 지내다 보면 익숙해지겠지'

이 여행 자체가 익숙해질 때쯤엔 여행을 마쳐야겠다.

하지만 '순간'을 반응하는 인생의 여행은

평생 익숙해지지 않았으면 한다.

#안정감대신 #설렘을택할래   #미국 #플로리다

#046 참 좁은 틀 안에 살아 왔구나

생각의 틀이 깨지는 순간들

대학에 들어가고 첫 방학, 중국에 처음 가봤다.
동쪽에서 기차를 타고 서쪽으로 48시간을 달렸다.

출발한 지 얼마 안 되어 거대한 옥수수 밭이 나타났다.
끝없이 펼쳐진 옥수수 밭,
자고 일어나도 밖은 여전히 옥수수 밭이다.

'창밖에 누가 옥수수 밭 배경을 들고 있나?'
두세 시간씩 자고 일어나기를 수없이 반복해도
도착하지 않는 기나긴 거리.

심지어 내가 내린 후에도
기차는 아직 서쪽으로 갈 길이 한참 남아 있었다.

옥수수 밭 규모에 놀라고, 철길 규모에 놀라고,

땅의 규모에 놀랐다.

머릿속에 있던 '넓다'라는 개념이 깨지는 순간이다.

불가리아의 여름은 많이 뜨거웠다.

마트에 가면 거대한 수박이 늘 산더미만큼 쌓여 있다.

강한 햇볕에 잘 자라서인지

크기도 크기지만 당도가 어마어마하다.

무게를 달아서 파는데 최대 15kg까지 측정 가능한 전자저울이

무게가 초과되어 에러가 난다.

내가 알고 있던 수박의 당도와 크기를 넘어섰다.

불가리아를 떠나 기차 타고 루마니아로 가던 길.

뜨거운 태양 아래 끝없이 펼쳐진 해바라기 밭을 바라보며

십년 전 내 생각의 틀을 흔들어 놓았던

중국의 옥수수 밭을 떠올려본다.

미국에서 차를 렌트하여 동쪽 끝에서 서쪽 끝까지 횡단했다.

40일간 무려 16,000㎞.

서울에서 부산까지 스무 번 왕복하는 거리다.

거침없이 펼쳐진 산과 골짜기, 드넓은 사막,

키가 100m 이상 쭉쭉 뻗은 나무들이 가득한 숲 등

대자연을 만끽하며 신나게 달렸다.

한 나라가 이렇게 거대하고 다양한 자연을 다 품고 있다니.

이곳은 정말 불공평할 만큼 자연의 축복을 받은 땅이다.

표현하기도 벅차다.

남미에서 국가를 이동할 때 보통 30~50시간씩 버스를 탄다.

두 명의 버스기사가 교대로 운전한다.

커다란 2층 버스엔 화장실도 있고,

비행기 기내식 나오듯 식사도 준다.

물론 중간 중간 휴게소도 있다.

#도대체언제까지 #틀안에갇혀있을거야   #레드우드 #미국

우리나라에서는 3~5시간만 타도 길게 느껴지는데
거기선 또 그냥 그러려니 한다.

그동안 참 좁은 틀 안에 살아왔구나!

늘 내 생각이 전부가 아님을 온몸으로 깨닫지만,
삶으로 실천하는 건 여전히 어렵다.

#047 돈과 시간이 없다고?

여행지로 마음 보내기

많은 사람들이 여행의 조건으로 돈과 시간을 이야기한다.

여행의 성격에 따라 조금 다를 수 있겠지만,

적어도 세계 여행에서 만난 여행자들 중

그리 부유해 보이는 사람은 없었다.

실제 대화를 나눠 봐도 돈이 많아서 여행하는 사람 잘 없다.

어쩌면 오히려 가진 게 많아서 더 떠나기 힘든지도 모른다.

한 사람이 돈과 시간 쓰는 것을 보면

삶의 가치를 어디에 두는지 보인다.

여행을 떠나는 것도 돈과 시간의 우선 순위 문제다.

'돈이 없다' 말하는 사람은 늘 여행보다 우선 소비할 곳이 있고,

'시간이 없다' 말하는 사람은 대부분 '생산적인' 시간에

우선 순위를 둔다.

여행하기로 마음먹었으면, 여행지에 미리 마음을 보내둬야 한다.

마음이 먼저 도착해 있지 않으면 몸이 떠날 수 없다.

그만큼 강한 열망이 필요하고,

몸은 먼저 간 마음을 찾아 그곳에 따라간다.

가진 것이 없어도 여행을 떠나는 사람이 있고,

많은 것을 가져도 떠나지 못하는 사람이 있다.

주어진 시간은 같은데,

누구는 항상 여유롭고, 누구는 항상 쫓기듯 산다.

세상 누구에게나 똑같이 주어지지만 세상 모두가 다르게 사용하는,

이것이 시간의 묘미다!

시간이 남아서, 여유가 있어서 떠나는 것이 아니라,

시간을 내서 떠나야 여유가 생긴다.

떠나고 나면 알게 된다.

시간이 얼마나 자유로워질 수 있는지.

떠나자. 그 자유를 누리러.

#계산만하지말고 #시간에게자유를줘

#벽시계 #과테말라식당

#6 자유

진정한 나다움을 발견하는 곳

"터키에서는 열기구를 탔었어야지……."

"이스라엘 갈릴리 호수에 갔는데 유람선을 안 탔어?"

"숙소를 왜 거기 잡았어? 이쪽이 더 싸고 좋은데……."

지난 일에 대해 타인에게 굳이 이런 말을 하는 심리는 뭘까?

여행지에서 한 번에 모든 경험을 다 하려 욕심낼 필요 없다.

계획대로 하지 못한 경험에 대해 너무 아쉬워할 필요도 없다.

아쉬움은 다음에 또 갈 이유가 되기도 하니까.

다음을 위해 남겨둔 경험이라 생각하자.

학창 시절 영어 시간에 배운 'should have p.p'란 표현이 있다.

번역하면 '~했었어야 했는데…….' 정도?

시험에 나온다니 외우긴 했지만, 실생활에선 별로 쓰고 싶지 않다.

살면서 그렇게까지 꼭 했었어야만 하는 일들이 얼마나 될까.

아직 못했으면, 지금 하지 뭐.

#048 휴대폰으로부터의 해방

세계 여행 출발 당일

어릴 땐 놀이터에 나가면 늘 같은 시간에 같은 친구들과 놀았다.

농구장에 가면 항상 함께하는 멤버들이 있었다.

약속을 잡을 때 '내일 시계탑 9시'라고 하면 다들 칼같이 모였다.

다 옛날 얘기다.

휴대폰의 등장으로 삶이 많이 달라졌다.

지각은 흔하디흔한 일이 되었다.

늦는다는 문자 하나면 해결되는 세상이다.

세계 여행 출발 당일 인천공항.

이른 아침 출발하는 비행기라 새벽부터 서둘러 나왔는데도

시간이 약간 빠듯하다.

출국 심사 후 게이트로 가는 길,

빠른 걸음으로 쓰윽 지나가며 면세점을 구경했다.

비싸서 살 생각도 없는 손목시계를 바라보며 잠시 발길을 멈춘다.

'여행 다닐 때 손목시계 하나쯤은 필요하겠군.'

아주 잠깐이었던 것 같은데 돌아보니 아내가 안 보인다.

여기저기 뛰어봤지만 아무래도 길이 엇갈린 것 같다.

전날 둘 다 휴대폰을 해지시킨 상태라

서로 연락할 방법이 없다.

그리고 공항은 생각보다 너무 넓다.

'아내가 셔틀 트레인을 먼저 탔을 것 같진 않은데……'

시간은 촉박하고 마음은 한없이 급했다.

당황해서 그저 정신없이 뛰어다닌 것 같다.

여행 가서 둘이 떨어지게 될 일이 생길까 한 번쯤 생각은 해봤지만,

출발하기 전부터 이럴 줄은 상상도 못했다.

이런 상황에 대한 나름의 약속이나 원칙조차 없었다.

위아래층을 오르락내리락 반복하며 한참 뛰어다닌 끝에

극적으로 아내를 만나 열차를 탔다.

열차는 불과 몇 분 만에

우리가 탈 비행기가 있는 터미널에 도착했고,

열차 문이 열리는 순간

우린 또다시 게이트를 향해 미친 듯이 달렸다.

"윤슬기 고객님~~"

저 멀리 보이는 게이트에서 내 이름을 외치고 있었다.

그렇게 마지막 손님으로 겨우 비행기에 올랐다.

비행기에 타서 크게 한숨 돌리고 마음의 안정을 찾는 것도 잠시,

세계 여행의 첫 여행지로 향하는 비행기가 하늘로 오른다.

가슴이 벅차다.

'어휴…, 전화 한 통만 됐으면

이렇게까지 극적인 이륙은 없었을 텐데….'

휴대폰에 이미 너무 익숙해져 있었나 보다.

이제 휴대폰을 벗고, 삶 자체에만 집중하고 싶다.

그리고 휴대폰이 아닌, 서로에게 좀 더 집중할 수 있을 것 같다.

'해방이다!'

작지만, 그 무엇보다 묵직한 휴대폰의 무게감으로부터.

해방이다!

#작지만큰무게감으로부터 #휴대폰은놓고가 　　　　　#크로아티아 #두브로브니크

#049 감흥 없는 성지순례 그만두기

하나라도 더 보고 싶은 욕심

유대교, 기독교, 이슬람교의 성지 이스라엘.
세계의 수많은 사람들이 성지순례를 위해 이 땅을 찾는다.

'여기가 예수님이 걸어가셨던 길이란 말이지?'

특별한 역사적 발자취를 느낄 수 있는 곳이라 그런지
땅을 밟는 곳마다 마음이 설렌다.

''다윗의 묘'랑 '마가의 다락방'은 가봐야겠고······.'
'천사가 물을 휘저었다는 베데스다 연못도 가야겠지?'
'통곡의 벽은 빠질 수가 없고······.'

세계에서 가장 성스러운 도시라 불리는 예루살렘에서

가야할 곳은 끝도 없다.

정보를 찾아볼수록 꼭 들러봐야 할 곳은 점점 늘어간다.

이러다 이스라엘에서 계획한 17일이 모자라겠다.

계획에 없던, 생각지도 않던 성지순례는 이미 시작됐다.

예수님이 태어나셨다는 영광의 땅 베들레헴.

'과거엔 어땠을까?'

들판에서 풀 뜯는 양들을 보며 분위기에 '잠시' 젖어본다.

하지만 그것도 말 그대로 잠시, 오늘도 갈 길이 멀다.

목적지를 향해 힘차게 전진!

'목자의 들판'이라 불리는 유명 관광지에 도착했다.

예수님의 탄생을 기념하는 교회부터 동굴, 벽화까지

그럴싸한 건축물, 기념물들이 곳곳에 가득하다.

수많은 관광객들 사이에서 열심히 쫓아다니며 빠짐없이 관람했다.

#길만따라가지말고 #삶을따라가

#비아돌로로사 #이스라엘

'여기서 예수님의 탄생을 기억하라고?'

솔직히 아무런 감흥이 없다.

아까 양들을 바라보고 있을 때가 제일 좋았다.

탄생을 기념하는 화려한 교회도,

수많은 관광객이 몰리는 '목자의 들판'도,

예수님을 떠올리기엔 어려운 장소다.

나즈막이 펼쳐진 언덕,

평화로운 들판에서 풀을 뜯는 양떼들,

화려함이라고는 찾아볼 수 없는 고요함 속에서

예수님을 찾은 것 같다.

성지순례인 줄도 몰랐던 성지순례를 그만두기로 했다.

갈수록 지치기만 하고, 하나도 즐겁지 않다.

목적 달성에 심취해 짜증만 난다.

여행을 왔는데 즐겁지 않으면 무슨 소용일까.

정상만 보며 산을 오르면 주변에 핀 꽃을 보지 못하듯,

목적에만 집중된 여행은

순간의 아름다움도, 쉼도, 사람도 놓치기 쉽다.

목적이 없는 여행이야말로

여행 자체를, 여행의 삶을 풍성하게 한다.

갈릴리 호수가 눈앞에 펼쳐진 티베리아스.

오늘의 일정은,

오병이어교화

팔복교화

베드로수위권교화

      :

원래 계획했던 리스트를 모두 지우고, 호수에 나와 산책했다.

물수제비도 뜨고, 잔잔한 호숫가에 앉아 조용히 생각에 잠긴다.

돌아왔다. 행복.

#050 블로그를 위한 여행

SNS 잠시 접어두기

여행을 준비하면서부터 블로그를 운영했다.

애초부터 인기를 얻으려는 생각은 아예 없었고,

여행을 기록하며 생각을 정리하는 도구 정도로 사용했다.

하나둘씩 글을 올리다 보니 재미도 있고,

가끔 도움을 받았다는 감사댓글이라도 달리면

나름의 뿌듯함도 있다.

글을 쉽게 술술 써내려가는 사람도 있겠으나,

나 같은 사람은 사건이 일어난 지 한참 후에야

정리된 생각과 함께 글을 올리는 스타일이다.

그러다 보니 써야할 내용은 계속 밀려났고,

여행이 길어질수록 블로그라는 숙제 또한 점점 불어났다.

#게으르다해도좋아 #이런날도있어야지   #과테말라 #호숫가마을숙소

블로그를 써야 한다는 약간의 부담감과 긴장감은 나쁘지 않았다.

문제는 어느 순간부터 블로그를 의식하고 있다는 점.

사진 하나를 찍어도 그렇고, 방문하는 곳마다

블로그에 쓸 가치가 있는지,

어떻게 소개하고 올릴지부터 생각하게 된다.

세계 여행을 다니며 매일매일 일상을 올리는

부지런한 블로거들을 보면 존경스럽다.

실제 여행을 해보면 그게 얼마나 어려운 일인지 안다.

그에 비하면 우린 상당히 게으른 여행자다.

매일의 이벤트를 만들어낼 만큼 부지런하지 못하다.

어떤 날은 가만 앉아서 여행책자만 보고 있기도 하고,

산책을 하며 아내와 시답잖은 농담 따먹기로

하루를 보내기도 한다.

심지어 하루 종일 해먹에 누워 쉬는 날도 있다.

블로그는 잠시 접어두기로 했다.

여행의 기억을 돕는, 여행을 위한 블로그가 아닌,

블로그를 위한 여행이 될지도 모르기에.

우린 다시, 우리만의 시간을 따라간다.

쌓여 있는 밀린 이야기들은 방학 숙제라 생각하자.
개학이 다가오면 하겠지.

오늘은 오늘 주어진 방학을 즐기기로!

#051 죽음 앞에서 떠오른 한 문장

튀니지 행 비행기에서의 비상사태

참 이상하리만큼,

지나가는 곳마다 자꾸 사건 사고가 발생한다.

싱가포르를 떠난 직후,

그 안정적인 나라에서 이례적인 폭동이 일어났고,

터키와 그리스에 있을 때도 대규모 폭동과 시위가 있었다.

네팔에서 우리가 이용했던 국내선 초소형 여객기가

얼마 후 추락하여 전원 사망했고,

이번 여행 중 무려 네 번이나 이용했던

말레이시아 항공사 여객기의 실종, 추락사건이 연이어 터졌다.

심지어 이집트에서는 한국인 대상 버스 폭탄테러 발생으로

급히 그 나라를 빠져나와야 했다.

우리가 지나간 자리라 더 관심을 가졌는지도 모르겠지만,

모두 국제적으로 큰 이슈가 된 굵직굵직한 사건이다.

그런 거 보면 죽음은, 늘 우리와 아주 가까이에 있는지도 모른다.

❖

'몰타에 이런 날씨가 있었나?'

튀니지로 떠나던 아침,

몰타에 머문 17일 동안 한 번도 보지 못한 날씨를 경험했다.

16일 내내 더없이 맑고 화창했는데,

이 날은 아침부터 하늘이 새까맣게 진한 먹구름으로 가득 찼다.

공항으로 가는 버스를 타면서부터

눈앞은 점점 짙고 짙은 안개로 뒤덮였다.

버스가 굴러가는 게 신기할 정도로,

하얗게 가득 찬 안개 외에는 창밖에 아무것도 보이지 않았다.

게다가 바가지로 쏟아 부어도 모자랄 것 같은

억수같은 비가 쏟아지는데, 이런 비는 살면서 본 적이 없다.

'이 날씨에 비행기가 뜰까?'

공항에 도착하니 역시나 탑승시간이 계속 밀려나고 있다.

기다리다가 안 되면 돌아갈 생각도 했지만

돌아가기도 겁나서 그냥 기다렸다.

다행히 3시간 만에 탑승게이트가 열렸다.

공항 내 버스를 타고 한참을 이동하니

웬 낡은 프로펠러기 한 대가 보인다.

"설마…, 저거야?"

원래 몰타에서 튀니지로 가는 직항은 잘 없다.

그러나 튀니지란 나라에 가보고 싶단 마음 하나로

검색의 검색 끝에 어렵게 노선을 하나 찾아냈었다.

주로 튀니지 현지인들만 이용하는 항공사라

홈페이지도 현지 언어인 프랑스어로만 되어 있어서

단어 하나하나 번역기를 돌려가며 어렵게 예약했다.

비행기에 올라서니 승무원 포함 전원 흑인이고,

딱 우리 둘만 동양인이다.

우리를 신기하게 쳐다보는 사람들의 반가운 시선이 나쁘지 않다.

잠시 후, 우렁찬 엔진소리와 함께

튀니지로 향하는 비행기가 이륙했다.

'뭔가 이상하다'

비행기가 너무 격하게 움직인다.

이륙부터 시작된 심한 흔들림은

한참을 떠오른 후에도 지속됐다.

화장실 이동 금지 표시등은 꺼지지 않았고,

승무원들조차 단 한 번도 일어나지 않았다.

사실 그 상황에 일어날 수도 없다.

'흔들림'이란 표현이 미안할 만큼, 정도는 점점 심해졌다.

세계 여행하면서 비행기 탄 횟수만 이미 수십 번.

워낙 무딘 편이라 비행기가 웬만큼 심하게 흔들려도 별 관심 없다.

그런데 이번엔 다르다.

흔들릴 수 있는 범위를 넘어섰다.

롤러코스터를 타도 이보다 스릴 있진 않을 거다.

"꺄악! 꺄~~~악!"

한 번씩 뚝 떨어지는 느낌이 날 때마다

여기저기 비명이 들렸다.

프랑스어로 흘러나오는 기장의 정신 없는 안내방송과

승객들의 괴성이 어우러져 아비규환을 이뤘다.

'죽겠구나!'

순간 직감했다.

눈앞엔 종이봉투가 하나 보였고,

주머니에 있는 펜을 챙겼다.

추락한다는 방송이 나오면 뭐라도 적으려 마음의 준비를 했다.

'무슨 말을 남겨야 할까?'

사실 나의 죽음에 대해 한 번도 진지하게 생각해본 적이 없다.

그러나 죽음이 눈앞에 다가온 순간,

정신 없는 가운데 조용히 눈을 감았다.

깊게 생각해보기도 전에 머릿속에 한 문장이 선명하게 떠올랐다.

'후회 없이 잘 살았다'

비행기가 요동칠 때마다 가슴이 철렁 내려앉기도 했지만,

마지막을 받아들이는 그 마음에 감사가 있었다.

주머니 속의 펜을 쥐고 메모할 준비를 했다.

방송이 나왔다. 기장의 목소리다.

"비행기가 곧 착륙합니다."

비행기는 여전히 춤을 추고 있었다.

"쿵!"

한 시간 내내 미친 듯이 요동치던 비행기는

마지막 순간까지 충격과 함께 요란한 소리를 내며 착륙했다.

"이예~~~~~~!"

여기저기서 박수와 함성, 휘파람 소리가 터져 나왔다.

모두들 살았다는 안도감 때문인지

기내는 순식간에 축제 분위기로 바뀌었다.

아내와 나는 넋이 나간 상태로

말 한마디 없이 그곳을 빠져나왔다.

"나 사실 그때 죽을 생각하고 봉투에 메모 남길 준비하고 있었어."

시간이 흐르고 나중에서야 아내에게 고백했다.

돌아온 아내의 대답.

"난 스마트폰 메모장에 무슨 말 남길지 고민 중이었는데."

난 '오늘' 죽을 수도 있는 사람이었다.

'오늘' 죽을 수도 있다는 그 사실을 그날 온몸으로 배웠다.

우린 이미 한 번은 죽었다.

지금은 두 번째 삶을 살고 있다.

그럼 이제 남은 삶을 어떻게 살아야 할까?

#아직잘모르겠지만 #손잡고같이가요   #튀니지 #시디부사이드

#052 세상 편하게 응원하기

카메룬 치킨집의 월드컵 분위기

카메룬에 있는 동안 월드컵 개막전이 열렸다.

해외에서 맞이하는 월드컵 분위기를 즐기러

TV가 있는 치킨집으로 향했다.

카메룬 사람들도 축구를 상당히 좋아한다는 사실은 익히 들었지만,

경기 시작하기 한참 전부터 이미 수많은 사람들이 북적이고 있었다.

경기 시작.

카메룬과 같은 조에 속한 브라질과 크로아티아의 경기라 그런지

더욱 흥분된 분위기다.

시작한 지 얼마 안 되어 브라질의 자책골로

크로아티아가 먼저 한 점을 냈다.

모두들 박수를 치며 환호한다.

'왜 저렇게 좋아하지? 크로아티아를 응원할 이유가 있나?'

객관적인 전력으로 보면 브라질이 최강이니

카메룬이 2위로 올라가는 걸 생각하면

오히려 브라질을 응원할 법도 한데.

혼자 온갖 경우의 수를 이리저리 생각해 보는 중인데,

추측이 끝나기도 전에 브라질의 스트라이커 네이마르가

오른쪽 골대 구석으로 절묘한 동점골을 터뜨렸다.

사람들은 또다시 박수를 쳤다.

멋진 골이라며 환호성을 질렀다.

'엥? 뭐야. 이 사람들 도대체 어딜 응원하고 있는 거지?'

멍해졌다.

그 후로는 축구도 축구지만

카메룬 사람들의 관전하는 모습이 눈에 더 들어왔다.

편파 판정으로 보이는 애매한 반칙으로 브라질이 페널티킥을 얻자

사람들은 손가락질을 했고, 몇몇은 막 흥분하기도 했다.

그렇게 얻은 페널티킥을 성공했을 땐

아무도 박수를 치지 않았다.

아주 싸늘한 반응이다.

'반응 참 재밌네!'

경기가 끝나갈 무렵,

2대 1로 지고 있는 크로아티아가 공격을 퍼붓는다.

아까의 편파 판정 때문인지

사람들은 이제 크로아티아를 응원하는 듯하다.

크로아티아의 슛이 빗나갈 때마다

다들 책상을 치고 머리를 움켜쥐며 아쉬움의 탄성을 냈다.

"꼬오오오오오올~~~!"

크로아티아의 공격이 번번이 실패로 돌아가다가

오히려 브라질의 역습으로 추가 시간에 멋진 쐐기 골이 터졌다.

사람들은 또다시 큰 소리로 박수치며 환호했다.

'허허. 응원 진짜 편하게 하네.'

그들은 축구를 정말 좋아하는 것 같다.

물론 자국의 경기가 아니어서 그럴 수 있겠지만,

경기 자체를 그냥 즐기는 모습이 아름다웠다.

경우의 수 따위를 계산하기보다

그저 오늘의 경기 그대로를 즐기는 모습이 감동이다.

'일어나지도 않은 일'에 대해 계산하느라

얼마나 많은 '지금'을 놓쳤나 돌아보는 밤이다.

#몰라 #그냥즐겨   #카메룬 #림베

#053 단절이 주는 새로운 자유

인터넷이 차단된 세상에서 살기

거리마다 흘러나오는 재즈,

음악에 맞춰 춤추는 자유로운 사람들.

삶은 소박하지만 낭만이 있는 쿠바의 수도 아바나.

1950년대에 만들어진 형형색색의 수많은 올드카가

도로를 활보하고,

구 시가지는 당장이라도 쓰러질 것 같은

2층 또는 3층 벽돌집들로 가득하다.

1961년 미국과 외교 관계가 단절되면서

시간마저 단절된 느낌이랄까.

활기차면서도 시계는 멈춰버린 아바나의 매력이다.

여행할 당시 쿠바는 우리가 여행한 67개국 중 유일하게

인터넷 사용이 제한되었던 곳이다.

시내 중심의 가장 큰 호텔에 가면

한 시간에 만 원 정도로 와이파이 사용이 가능하지만,

그 값이면 이곳에서는 랍스터를 배불리 먹을 수 있다.

그렇다면 우리의 선택은 당연히 랍스터.

쿠바에 있는 일주일 동안 만큼은

온라인 세상과 완전히 분리되어 살기로 했다.

여행을 떠나며 처음 휴대폰을 해지했을 때,

묶여 있던 노예가 해방되듯 엄청난 자유가 찾아왔다.

와이파이가 될 때만 휴대폰 사용이 가능하니,

휴대전화가 내 삶의 흐름을 끊을 일이 없다.

와이파이는 숙소나 카페에서 내가 원하는 때만 켠다.

'휴대폰의 노예'로 살아왔는데

지금은 휴대폰을 노예로 부린다.

그런데 이제는 모든 인터넷마저 차단되니

새로운 자유가 찾아왔다.

적어도 쿠바에 있는 동안은 휴대폰이 아예 필요가 없다.

그나마 SNS를 통해 나누던 연락도,

정신없이 쏟아지는 인터넷 세상의 이야기들도 없다.

그저 이곳에서의 삶에만 온전히 집중하고 누리면 된다.

일정시간동안 음식을 먹지 않는 간헐적 단식이

건강에 좋다고 한다.

음식물을 섭취하는 것조차 쉼과 간격이 필요하다.

휴대폰, 인터넷, 주변관계, 일상의 흐름까지도

때로는 '단절의 자유'가 필요하지 않을까.

#이곳에만집중해 #음악은역시라이브지   #쿠바 #아바나 #재즈카페

#054 휴대폰 심폐소생술

휴대폰이 수영장에 빠졌을 때

아르헨티나 이구아수 폭포 근처의 한 숙소.

넓은 앞마당에 잘 꾸며진 야외공간이 참 좋다.

가운데 있는 커다란 수영장 옆 테이블에 자리를 잡았다.

책도 읽고, 일정도 정리하며 여유로운 시간을 보냈다.

방으로 들어가는 길,

노트북 위에 책을 얹어 양쪽으로 잡고 걸어가는데

맨 위에 올려둔 휴대폰이 쪼르륵 미끄러져 내리더니

하필 수영장 물속으로 쏘옥 빠진다.

"……."

1초쯤 멍하니 바라본 것 같다.

잽싸게 노트북을 바닥에 내려놓고,

입던 옷 그대로 물에 뛰어들었다.

수심이 꽤나 깊었다.

뿌연 물속에서 눈을 번쩍 뜨고 휴대폰에만 집중했다.

팔을 뻗어 바닥에 거의 닿은 휴대폰을 잡았다.

순간 손부터 하늘 위로 번쩍 들어올렸다.

머리까지 물에 다 잠긴 상태에서

휴대폰을 쥔 손 하나만 물 밖으로 솟아올랐다.

손이 다시 잠기지 않도록 유지한 채 벽으로 다가가

휴대폰부터 물 밖에 올려놨다.

나도 얼른 빠져나와 휴대폰을 들고 숙소로 달렸다.

물에 빠진 응급환자 심폐소생술이라도 하듯

급히 수건으로 휴대폰을 닦고,

분해할 수 있는 만큼 분해하여 드라이기로 말렸다.

그리고 휴대폰이 완전히 마를 때까지

이틀 정도 기다려보기로 했다.

'헉. 누구냐 넌.'

물에 빠진 생쥐 같은 내 모습이 그제야 거울에 비친다.

머리부터 발끝까지 홀딱 젖어 덜덜 떠는 생쥐의 옷에서는
아직도 물이 뚝뚝 떨어지고 있다.
눈은 또 어찌나 빨갛던지.
수영장의 뿌연 락스물에서 눈을 번쩍 뜨고 휴대폰을 찾았으니
그럴만하다.

'휴대폰이 뭐라고 진짜.'

영어권에서 헤어질 때 하는 인사로
"Goodbye!"나 "See you again!"보다는
"Take care of yourself!"가 더 많이 쓰인다고 한다.
말 그대로 너 자신을 잘 챙기라는 거다.

살다 보면 남 챙기고, 남 비위 맞추고, 남 신경 쓰다가
결국 난 물에 빠진 생쥐 꼴이 되는 경우가 얼마나 많은가.
남 챙기는 것도 내가 먼저 건강해야 가능하다.
나부터 소중히 잘 챙기자.

Take care of myself!

#네가더급하잖아 #너부터챙겨   #이구아수폭포 #아르헨티나

#055 남보다 좋은 여행지를 찾고 있다면

여행은 비교하면 불행해진다

"신혼여행은 어디로 가는데?"

"강원도"

"푸하하하. 야, 무슨 한겨울에 강원도야. 이번엔 안 속는다."

평소에 장난을 너무 많이 쳤나보다.

결혼할 당시, 친구들이 아무도 내 말을 믿어주지 않았다.

뭐 누가 믿어주건 말건 어쨌든 우린 강원도로 떠났고,

한 주간 행복한 시간을 보냈다.

프랑스 파리의 '센 강'에서 웨딩 촬영 중인 신혼부부.

행복한 촬영 현장에 지켜보는 사람까지 즐겁다.

멕시코 칸쿤에서도 해안을 따라 거닐며
여러 신혼부부들을 만났다.
하나같이 행복해 보인다.

신혼여행은 보기만 해도 참 좋다.
강원도를 다녀오든, 지구 반대편을 다녀오든,
사랑하는 사람과 함께하는 그 시간은 행복하다.
어디를 가든 '우리'가 함께 있다는 사실이 중요하고,
'우리'가 있기에 그곳은 의미가 있는 특별한 장소가 된다.

여행을 비교하지 않았으면 좋겠다.

비교하면서부터 그 여행은 불행해진다.
내가 가서 좋은 감정을 느끼고 왔으면,
그곳이 가장 좋은 여행지다.
다른 사람의 평가를 받을 이유가 없고,
나 역시 다른 사람의 여행을 분석하거나
비하할 필요가 전혀 없다.

내가 남들보다 더 좋은 곳을 다녀왔다는 이유로 행복하다면,

곧 다가올 불행을 피하기도 쉽진 않을 듯.

#하지마 #비교도 #자랑도

#멕시코 #칸쿤

#056 땅이 흔들려도 난 몰라

여행 중 경험한 지진

"방금 봤어?!"

침대에 앉아있던 아내가 놀라서 소리친다.

아내의 표현에 따르면

침대가 안마의자처럼 흔들렸다고 한다.

방문이 움직이고 옷장 안의 옷들이 아직 흔들대고 있지만

기분 탓이라 생각했다.

검색해 보니 우리가 있던 콜롬비아 보고타에

진도 6.2의 강진이 발생했다고 한다.

"나 좀 어지러운 거 같은데?"

세계 여행을 마칠 무렵,

남미에서 장시간 비행기를 타고 일본 도쿄에 도착했다.

숙소에 짐을 풀고 잠시 편의점을 다녀오는데

몸이 한쪽으로 기울더니 다리가 중심을 잃고 휘청한다.

아직 시차적응이 안 되어 그런가보다… 는 무슨.

숙소에 들어와 포털사이트에 접속해 보니

'일본 지진'이 실검 1위를 달리고 있었고,

도쿄 지진 관련 속보가 계속해서 올라왔다.

'아……'

세상이 아무리 요동쳐도,

의연히 흔들리지 않는 단단한 마음이 있었으면 좋겠다.

이런 식으로 무딘 거 말고.

#세상이흔들려도 #넌흔들리지마   #콜롬비아 #보고타

#057 세상에서 가장 좋은 커피

파나마 커피농장 체험

과테말라, 코스타리카, 파나마, 콜롬비아, 브라질······.

중남미 여행이 좋은 아주 큰 이유 중 하나는
어딜 가나 신선하고, 싸고, 맛있는 커피를 즐길 수 있다는 점이다.
원두가 좋아서인지 아무 카페나 들어가도 실패가 없다.
거리마다 퍼지는 커피의 향긋함에 기분이 한껏 좋아진다.

'게이샤' 커피로 유명한 파나마의 한 거대한 커피농장.

"자, 보세요! 종자에 따라 여기 나무에 달린 열매 모양이
이렇게 다르게 생겼고······."

가이드의 목소리가 우렁차다.

원두의 종류부터 커피가 만들어지는 과정, 관리, 유통까지

하나하나 상세히 설명해준다.

커피의 신세계가 펼쳐지는 중이다.

커피나무들 사이를 걸으며 열매를 몇 알 따본다.

"어우. 커피 열매가 원래 이런 맛이었어?"

별로다. 커피로 만들어 먹는 데는 다 이유가 있다.

기대하던 커피 시음 시간이다.

직원이 종류별로 다양한 커피를 조금씩 내려줬는데,

종자에 따라, 로스팅 정도에 따라

맛과 향이 완전히 다르다고 한다.

'한국에서 맛있는 커피집이라면 나름 열심히 찾아다녔는데

아무것도 모르고 먹었네?'

이렇게 차이를 좀 알고 먹으니 재밌기도 하고,

괜히 뭔가 좀 있어 보이는 느낌?

이전엔 맡지 못했던 향기까지 느껴진다.

잠시 후 가이드가 사람들에게 묻는다.

"어떤 커피가 세상에서 가장 좋은 커피일까요?"

최고급 커피를 생산하고 세계로 수출하는 이곳에서,

가장 좋은 커피를 선택하는 꿀팁을 알려주려 한다.

'이런 고급 정보를 놓칠 순 없지.'

기대하는 마음으로 귀를 쫑긋 세우며 메모를 준비한다.

다들 나와 같은 마음이었는지

순간 모두의 이목이 가이드에게로 쏠렸다.

"자기 입에 맛있는 커피면 그게 제일 좋은 커피입니다."

2초간의 정적이 흐르고, 다들 이 명쾌한 대답에 깔깔대며 웃었다.

'그러게. 나한테 맛있는 커피를 왜 남들이 정해주나.'

우리나라에 처음 아메리카노가 나왔을 땐

이 쓴 걸 누가 먹느냐며 다들 시럽을 잔뜩 넣었다.

하지만 요즘은 시럽을 넣지 않는 것이 대세다.

#그답은네안에있어 #너한테좋은걸찾아   #파나마 #커피농장 #가이드

시럽을 넣으면,

마치 커피를 제대로 느끼지 못하는 사람이 되는 것 같다.

좀 더 고급지게(?) 즐기려면 그래선 안 된다.

사람마다 입맛이 다 다른데,

도대체 '맛있다'의 기준은 누가 정하는 걸까.

'맛있는 삶'도 마찬가지다.

나한테 맛있는 삶이 제일 좋은 삶 아닐까?

남들 말에 휘둘릴 필요 없다.

그렇게 눈치 볼 것도 없다.

이게 맛있는 삶이라고 훈수 둘 이유도 없다.

그저 자신의 삶의 속도에 맞추어

가장 나답게 살면 된다.

그게 가장 맛있는, 또 멋있는 삶이다.

남들이 뭐라 해도 내가 맛있으면 됐다.

어서와~ 한국은 처음이지?

에필로그

67개국 564일간의 세계 여행을 마치고 드디어 입국했어요.

한국 사람들, 한글 간판,

주위에 들리는 한국말조차 낯설고 신기합니다.

지하철을 타고 남아 있는 한 자리에 앉으려는데

가방이 하나 날아와요.

그렇게 한 아주머니로부터 자리를 빼앗기고 새삼 깨닫죠.

'아, 한국이구나!'

물론 내 나라인 만큼 모든 생활에 금방 적응했지만,

처음 얼마간은 여행자의 시선으로

우리나라를 바라보게 되더라고요.

여의도 공원에 돗자리를 펴고 소풍을 즐기는 수많은 가족들,

어딜 가나 깨끗한 화장실과 지하철,

세상에서 가장 빠른 인터넷,

어디서나 쉽게 이용 가능한 와이파이,

거리마다 건물마다 시설마다

모던한 인테리어와 최첨단 시스템을 갖춘 이곳.

분명 세계에서 가장 평화롭고 잘 사는 국가임에 틀림없어요.

그런데 실제로 주변 사람들의 삶을 들여다 보면

생각보다 다들 여유가 많이 없네요.

한국에 충분히 적응된 지금,

똑같이 잔디밭에 누워 있어도,

똑같이 카페에 앉아 커피를 마셔도,

외국에 있는 그들은 평화로워 보이고

우린 여유가 없어 보이는 건 기분 탓이겠죠?

늘 여행자의 눈으로

세상을 편견 없이 바라볼 수 있으면 좋겠어요.

이제 눈을 감고,

숨을 한번 크으게 내쉬며,

여행자가 되어 삶을 들여다 보세요.

그러면 지금까지 보던 세상이 달라 보일 거예요.

그리고,

'어디가 제일 좋았어?'

이 질문에 언제나 자신 있게 대답할 수 있을 겁니다.

"지금 여기."

어디가 제일 좋았어?

1판 1쇄 인쇄 2022년 7월 20일
1판 1쇄 발행 2022년 7월 25일

지은이 윤슬기
그린이 천가현

발행인 김영대
펴낸 곳 대경북스
등록번호 제 1-1003호
주소 서울시 강동구 천중로42길 45(길동 379-15) 2F
전화 (02)485-1988, 485-2586~87
팩스 (02)485-1488
홈페이지 http://www.dkbooks.co.kr
e-mail dkbooks@chol.com

ISBN 978-89-5676-915-8